• निर्माता ईश्वर

वासना के दलदल में फंसता जा रहा था मैं
अपने आप से दूर... बहुत दूर
कहीं किसी खोह में
तभी मैंने पढ़ी एक कविता
जिसने मुझे ऐसे ऊपर खींचा
जैसे स्वयं ईश्वर ने बढ़ाया हो हाथ
अपने किसी प्रिय के लिए
आश्चर्य है कि ऐसा क्यों हुआ
नास्तिक हूँ मैं
लेकिन पढ़ता हूँ कविताएं
क्या कविताएं लिखना और पढ़ना
ईश्वर को भी भाता होगा
शायद मनुष्यों के रूप में
वह भी रचता है कविताएं।

ब्रेकअप जैसी जिन्दगी

सोमेन्द्र

प्रस्तावना

"मैं अपने को खोजने के लिए लिखता हूँ और लिखते-लिखते मैं अपने को पाता हूँ।"

अज्ञेय के ये शब्द मुझे अक्सर स्मरण हो आते हैं और लगता है कि उनकी इस खोज की लालसा का एक अंश भी पा जाने वाला लेखक सौभाग्यशाली होगा।

इस संकलन की कहानियाँ वर्तमान परिदृश्य में हमारे बीच कुछ संवेदनशील मुद्दों को उठाती हैं। अधिकतर कहानियाँ पूर्णतः यथार्थवादी नजरिये से लिखी गई हैं। अतः सुखांत उनमें आप ना हीं खोजें तो बेहतर है। यथार्थ जीवन में हमेशा अंत में सब कुछ ठीक होता भी नहीं है और हम इसे बदल भी नहीं सकते। सिर्फ सबक ले सकते हैं।

एक होता है, किसी अन्य इंसान से संबंध विच्छेद (ब्रेकअप) होना और एक होता है, अपने आप से रिश्ता टूट जाना। किसी दूसरे इंसान से रिश्ते का टूटना उतना गहरा दर्द नहीं देता, जितना गहरा दर्द इंसान खुद से अलग होने पर झेलता है।

कभी-कभी जीवन में ऐसी परिस्थितियाँ आती हैं, जब इंसान को लगता है
कि एक लंबा अरसा हो गया है उसे खुद से मिले हुए। अपनी इच्छाओं और भावनाओं को दबाकर जीते हुए। बस जीना है, इसलिए जिए जा रहे हैं।

परिस्थितियों के इस जाल में फंसकर, व्यक्ति जब अपने आप को लगभग भूल चुका है। उल्लास और आनंद की लहर उसमें उठना बंद हो गई है। तब उसे देखकर 'ब्रेकअप जैसी जिंदगी' का ख्याल आता है। प्रत्येक सुधि इंसान कभी ना कभी वो दर्द झेलता है जब उसे अपनी क्षमताओं और संभावनाओं से कम में जीना पड़ता है। उस वक्त का दर्द बहुत गहरा होता है।

इस पुस्तक में जीवन की छोटी-छोटी झलकियां हैं। यदि हम जिंदगी के प्रति थोड़ा भी सजग हों तो समय के हाथों अपने इर्दगिर्द बुनी जा रही कहानियां हमें स्पष्ट नजर आने लगती हैं। जीवन की वो घटनाएं जिनसे जीवन आकार लेता है, सहज ही घट जाती हैं। ये घटनाएं साधारण हैं लेकिन यथार्थ हैं। जिंदगी की भाग दौड़ में हम यह देख नहीं पाते कि इसी दुनियां में जहां हम रह रहे हैं, यह जो क्षण अभी-अभी बीता है इसमें कितना कुछ घट गया है।
उस एक क्षण के नाम जब मैंने ठहर कर इस दुनिया को देखा, समझा और जाना।

सूची

1.संवेदना के क्षण में

सर्दियों के दिन हैं लेकिन आज धूप बहुत तेज निकल आई है। दोपहर के तीन बजे हैं। वो सड़क पर चलता जा रहा है। एक हाथ कभी पैंट की जेब में डाल लेता है तो कभी बाहर निकाल लेता है और कभी दोनों हाथ जेबों में डाल लेता है। उसे झुंझलाहट सी होती है। लगता है जैसे सड़क पर चलने वाले हर इंसान की निगाहें उसे घूर रही हैं। असहज होकर दोनों हाथ जेबों से बाहर निकाल लेता है। चलते हुए अक्सर उसे वहम होता है कि वो टेडा होकर चल रहा है। अपनी गलती सुधारने की कोशिश में वह दूसरी तरफ झुक कर चलने लगता है।

धूप तेज होने की वजह से पहनी हुई जर्सी चुभने लगती है। छोटी सड़क जब बड़ी सड़क से आकर मिलती है तो सड़क पर चलने वाले साधनों की संख्या भी बढ़ जाती है साथ ही धूल और धुएं के गुबार भी बढ़ने लगते हैं। वह सड़क पार करने के लिए रुकता है। वाहनों की लंबी कतार उसकी झुंझलाहट को और बढ़ा देती है।

लगभग पांच सात मिनट खड़ा रहने के बाद वो सड़क पार करता है।

सड़क के इस तरफ एक बड़े से मकान के सामने आकर वो रुक गया। पुराना सा मकान है। मकान के सामने लगभग चार पांच फीट का रैंप बना हुआ है जो सड़क पर अतिक्रमण करता हुआ दिखाई दे रहा है। एक बड़ी सी कार मकान के सामने खड़ी है। कार के आगे वाले बाएं टायर के पास एक मरियल सा कुत्ता लेटा है। काले सफेद रंग का छोटा सा कुत्ता। गौर से देखने पर पता चलता है कि उसकी आँखे खुली हुई हैं और मुंह भी थोड़ा सा खुला हुआ है। उसे कुछ शक हुआ तो वह कुत्ते के पेट को ध्यान से देखता है। उसका शक सही निकला। कुत्ता साँस नहीं ले रहा था। उसका पेट पूरी तरह स्थिर था। आंखों से पानी की एक लंबी धार बहने के निशान थे जो अब पूरी तरह सूख चुके हैं। मक्खियाँ उसकी आंखों में न जाने कौनसे सपने ढूंढ रही थी।

उसने अनुमान लगाया कि थोड़ी देर पहले ही वह किसी गाड़ी से टकराकर रेंगता हुआ यहाँ आकर लेट गया था और अब वह इस दुनियां में नहीं रहा। उसका छोटा सा शरीर पीछे छूट गया और

वो...अगर मृत्यु के बाद होती होगी तो, एक दूसरी यात्रा पर निकल गया। कुछ यात्राएँ शायद अनंत होती हैं, जैसे जीवनयात्रा। एक यात्रा पूरी होने के बाद स्वतः दूसरी यात्रा शुरू हो जाती है। ऐसी भी कुछ यात्राएं होती हैं जिनका होना न होना हमारे हाथ में नहीं होता।

जीवन के बाद मृत्यु उन्हीं में से एक है। क्या मृत्यु जीवन का अंत है? मतलब पूर्ण विराम..या फिर यह सिर्फ एक ठहराव है।..... इसी उधेड़–बुन में खोया हुआ वह आगे बढ़ गया। वह जितना आगे जा रहा था उसकी स्मृति अब उतनी ही पीछे दौड़ रही थी।

उसे याद आता है वो वक्त जब उसने पहली बार ऋतु को देखा था। कॉलेज में डरी सहमी अकेली बैठी एक गुमसुम सी लड़की। दो तीन दिनों तक उसे यूँ ही कैंटीन के एक कोने में बैठे देख कर एक दिन वह सीधे ऋतु के पास जाकर बैठा गया। किस अंतःप्रेरणा से वो वहां जाकर बैठा था उस वक्त उसे ये समझ नहीं आया। अब वह समझता है वह संवेदना थी। वह समझ रहा था कि रैगिंग की अफवाहों से परेशान यह लड़की जरूर किसी छोटी जगह से आयी है। एक अव्यक्त सहानुभूति उसके मन में उस

लड़की के लिए पैदा हो गई थी। उसके वहां जाकर बैठने पर एक लंबी ख़ामोशी के बाद उसे ही बात शुरू करनी पड़ी।

"हैलो.. मेरा नाम तरुण है। आप बहुत डरी हुई लग रही हैं। यू नो.. यू हैव वेरी एक्सप्रेसिव फेस।"

थोड़ी देर तक वह जवाब के इंतजार में बैठा रहा।

फिर उसने ही आगे कहा..

"आपको डरने की जरूरत नहीं है। रैगिंग के बारे में जो अफवाहें उड़ी हुई हैं वो सब पुरानी बातें हैं। अब कैंपस में ऐसा कुछ नहीं होता..सो डोंट वरी.. रिलैक्स।"

तब ऋतु के चेहरे पर उतरती हुई राहत को उसने प्रत्यक्ष देखा था।

यह पहली बार की छोटी सी मुलाकात धीरे-धीरे बढ़ती गई और वे बहुत जल्द दोस्ती के रिश्ते से आगे निकल गए। एक दूसरे के साथ में खोए हुए कब ग्रेजुएशन पूरा हो गया उन्हें पता ही नहीं चला।

कॉलेज के चार साल बीतने के बाद अब बारी थी बड़े फैसले लेने की। अगर यह पुरानी पीढ़ी होती तो निर्णय बहुत आसान था। ऋतु अपना कॉलेज पूरा करके घर संभालने में खुश रहती और तरुण नौकरी करके अपनी जिम्मेदारी पूरी करता। लेकिन यह नयी पीढ़ी थी। यहाँ हर किसी के अपने सपने थे। अपनी उड़ान थी। प्रेमी के लिए अपना करियर दांव पर लगा देना अब पिछड़ी बात हो चुकी थी और कोई लड़का अपनी प्रेमिका के लिए अपना करियर छोड़ कर घर संभालने की बात सोचे समाज अभी उतना आगे नहीं बढ़ पाया था। अन्ततः

दोनों को एक कठोर निर्णय लेना पड़ा और अपने–अपने भविष्य की खातिर दोनों अलग हो गये। आज उन्हें अपनी सुविधा के हिसाब से अलग अलग शहरों में बसे हुए पूरे दस साल बीत गए।

इस बीच उनमें कभी बात नहीं हुई लेकिन एक दूसरे के बारे में खबरें उन्हें मिलती रही। दोनों ने अपना करियर बनाया। शादियाँ की। उनसे, जो उन्हें आपस में बिछड़ने के बाद मिले। यहां एक सबसे अच्छी बात यह रही कि दोनों एक दूसरे के लिए खुश थे। साथ नहीं रह सके तो कोई बात नहीं लेकिन मन में कटुता भी नहीं रही। प्यार में परिपक्वता का यह बीज न जाने कैसे दोनों के मन में घर कर गया था। ऋतु ने अपने एक सहकर्मी से शादी की

और जितना तरुण जान सका था वह अपने जीवन में खुश थी। तरुण भी अपने छोटे से परिवार के साथ खुश था जिसमें पत्नी और एक छोटी सी बिटिया थी।

संयोग से अब दस साल बाद वो फिर एक ही शहर में थे लेकिन एक होने की संभावनाओं से बहुत दूर।

आज अचानक तरुण ने ऑफिस में खबर सुनी। जिस बिल्डिंग में ऋतु और उसका पति काम करते थे। उसमें किसी वजह से एक बड़ा ब्लास्ट हो गया था। लगभग पूरी बिल्डिंग तबाह हो गई। करीब बीस लोगों के गंभीर रूप से घायल होने की संभावना न्यूज चैनलों में बताई जा रही थी। यह खबर सुन कर तरुण खुद को रोक न सका और ऑफिस से पैदल ही ऋतु के ऑफिस की बिल्डिंग की तरफ निकल गया। उसकी गाड़ी आज ही सर्विसिंग के लिए गई थी। कैब बुक होने में बहुत वक्त लग रहा था। आज सुबह ही जब वह ऑफिस आया था तो लगभग आधे घंटे में जाकर कैब बुक हुई थी। उसने गूगल मैप में ऋतु के ऑफिस तक

पैदल जाने वाले रास्ते का डिस्टेंस चेक किया। दूरी ज्यादा नहीं थी। इतना तो वह कॉलेज के दिनों में अक्सर पैदल चला करता था। खासकर ऋतु के साथ बातें करते हुए।

अतीत के भंवर में डूबा हुआ तरुण तेज कदमों से चलता जा रहा था तभी कानों को चीरती हुई तीखी हॉर्न की आवाज ने उसे वर्तमान में खींच लिया। जगह की अस्त व्यस्त स्थिति देख कर वो समझ गया कि वह ऋतु की बिल्डिंग के आस पास ही है। पुलिस की गाड़ियों और एम्बुलेंसों की सायरनों की आवाजें रह रह के हवा में गूंज रही थी। लोग हड़बड़ी में एक दूसरे से टकराकर चले जाते थे। एक अजीब सी गंध हवा में महसूस हो रही थी। बिल्डिंग को सुरक्षा कर्मियों ने घेर रखा था।

मलबे में दबे हुए लोगों को ढूंढने की कवायद जारी थी। घायलों को अस्पतालों की तरफ रवाना कर दिया गया था। लोग अपने चहेतों की खोज में अस्पताओं की ओर भाग रहे थे। तरुण भी वहां से एक ऑटो पकड़कर नजदीकी अस्पताल की ओर भागा।

कभी कभी इंसान की स्थिति ऐसी हो जाती है कि वह एक यंत्र की भांति कार्य करने लगता है। उसके अगले कदम को तय करने में

मस्तिष्क की भूमिका नगण्य प्रतीत होती है। इसी तरह किसी मशीनी उपक्रम के तहत तरुण अस्पताल पहुंच गया। वो यह तय नहीं कर पा रहा था कि वह ऋतु को ढूंढ रहा है या उसके मृत शरीर को। बहुत देर तक लगभग सारे वार्डों में दौड़ने के बाद उसे किसी भी जगह ऋतु नहीं मिली। अब सिर्फ मोर्चरी ही वह जगह थी जहां उसने ऋतु को नहीं ढूंढा था। लगभग यंत्रवत स्थिति में वो अस्पताल के बेसमेंट में स्थित मोर्चरी के गलियारे तक जा पहुंचा। यहाँ भी लोगों की भीड़ भरी हुई थी। अंदर जाने के लिए वो बहुत देर तक खुद को तैयार करता रहा। अंत में बहुत सी हिम्मत जुटा कर अंदर घुसने से पहले उसने बाहर लगी बेंचों पर एक बार फिर सरसरी सी नजर डाली तभी उसकी नजर एक जगह ठिठक कर रुक गई।

अवसाद और निराशा से भरे हुए उस भीड़ के समन्दर में एक जगह पर उसे एक जानी पहचानी सी आकृति दिखाई दी। डरी-सहमी, गुमसुम सी वही चौदह साल पहले वाली ऋतु।

लगा जैसे चौदह सालों में वो बिल्कुल नहीं बदली है। क्या सच में वक्त के साथ इंसान भी बदलता है या सिर्फ हमारा नजरिया बदल जाता है या दोनों ही बदल जाते हैं या कुछ भी नहीं बदलता

सिर्फ वक्त बदलता है और उसके साथ सब कुछ नया और अलग लगने लगता है।

ऋतु की दुनिया उजड़ चुकी थी। तरुण समझ गया कि अंदर ऋतु के पति का मृत शरीर पड़ा हुआ है और ऋतु आज अपना सब कुछ खोकर संज्ञाहीन बैठी थी। वह ऋतु को इस तरह मिलेगा उसने कभी नहीं सोचा था। ऋतु के चेहरे पर छाया हुआ दुख और निराशा का सघन अंधकार तरुण के अंदर संवेदना और करुणा का ज्वार उठा रहा है। आज फिर तरुण ऋतु के पास जाकर बैठ जाना चाहता है। लेकिन आज उसके पास ऋतु से कहने के लिए कुछ नहीं है। आज वो सब नहीं कहा जा सकता जो चौदह साल पहले डरी-सहमी ऋतु को कहा जा सकता था। आज इस परिस्थित में वो भी ऋतु की ही तरह पूरी

तरह से असहाय है। आज उसके पास ऐसा कुछ नहीं है जो वह जाकर ऋतु से कहे और ऋतु का सारा दुख दर्द खत्म हो जाए।

शायद कभी-कभी किसी हताश, डरे – सहमे इंसान को सहारा देने के लिए हमारा वहां होना ही काफी है। तरुण आहिस्ते से ऋतु के

पास जा कर बैठ गया। ऋतु जैसे किसी दूसरी ही दुनिया में थी सिर्फ उसका शरीर वहां था। उसकी आँखें लोगों के पार जाकर जैसे किसी शून्य में अटक गई थी। उन आंखों से शायद अभी तक आंसू की एक बूंद भी नहीं गिरी थी तरुण को देख कर वो आँखें बादल बन गईं। तरुण ने राहत की सांस ली। शायद.. रो लेने से ऋतु का मन थोड़ा हल्का हो जाए।

2. दुविधा

हितेश के चेहरे पर आज हल्की सी राहत झलक रही है। वह आज

ऑफिस से थोड़ा जल्दी घर आ गया था। आते ही उसने चाय बनाई और चाय का कप लेकर सीधा बालकनी में पहुंच गया। यहां बैठकर चाय पीना उसकी जिंदगी के सुखद क्षणों में से एक है या कहें कि एक मात्र सुखद क्षण है।

वह चाय का कप हाथ में लेकर कुर्सी पर लगभग पसर गया है। पैर बालकनी की सामने वाली दीवार पर रख दिए जो लगभग कुर्सी के बराबर ही ऊंची है। शाम के सात बजे हैं। इस वक्त थोड़ी सी सर्दी हो आई है। सूरज डूबने ही वाला है। हर साल अक्टूबर का महीना आने पर मौसम में एक खालीपन सा हितेश महसूस करने लगता है। दूर आसमान में कहीं सूरज डूब रहा है। पक्षी अपने बसेरों की तरफ लौट रहे हैं। चाय पीते हुए उसकी निगाहें खाली आसमान में ताकती रहती हैं। उसे लगता है की जीवन में अब सब कुछ देख लिया है। जैसे अब जीने की तमन्ना ही नहीं है। सब बेमानी सा लगता है।

नौकरी, शादी, बच्चे, परिवार, समाज, दोस्त सब जैसे एक छलावा है। वो अभी जिस उम्र में है इस उम्र में ही तो जीवन का रस है। जब जीवन अपने चरम पर होता है। लेकिन उसे क्यों अभी से जीवन को लेकर इस तरह की उदासीनता हो गई है, नहीं पता! शायद उसने अपनी अब तक

की जिंदगी में कुछ बड़ी उपलब्धि हासिल नहीं की इसलिए। लेकिन समस्या यह है कि अब उसे बड़ी उपलब्धियां भी आकर्षित नहीं करती।

ऐसा नहीं है कि उसे जीवन में कुछ खास तरह का दुख है या किसी चीज का डर है। जीवन के राग विराग और इच्छाएं अभी भी सताती हैं, लेकिन उनमें एक फीकापन सा है। जैसे पता हो कि यह सब कुछ झूठ है। किसी दिन एक झटके में सब खत्म हो जाएगा। वह सोचता है, क्यों इतनी भागदौड़ की जाए! क्यों नहीं ठहर कर जिंदगी को सामने से गुजरते हुए देखा जाए!

वह दुविधा में है। शादी को लेकर। एक मन होता है की शादी करे। वह एक अलग अनुभव होगा। फिर एक मन होता है कि, देखा तो है इतने लोगों को शादी करके रहते हुए। अनुभव तो उन्हें देखकर भी लिया जा सकता है।

क्या शादी करना सच में जीवन में आगे बढ़ना है...या फिर संसार में पीछे ही लौटना है! यह भी तो सच ही है कि जितने नए संबंध बनेंगे

उतनी ही तकलीफ देंगे। उसे बचपन याद आता है। कैसी उमंग होती है। जीवन को लेकर सब कुछ नया लगता है। उत्सुक करता है। सपने होते हैं। सपने देखते-देखते हम बड़े हो जाते हैं।

फिर...फिर होता है सामना, जीवन की भीषण सच्चाई का। जिसमें न जाने कितनी बार खुद के होने को लेकर खुद से सवाल होते हैं।

वह देखता है अपने आस पास। कुछ लोगों की जिंदगी में ब्रेकअप होते हैं, लेकिन कुछ लोग होते हैं जिनकी पूरी जिंदगी ही ब्रेकअप जैसी हो जाती है। ऐसे लोग सोचते बहुत हैं। वह लोगों को देखता है जो अपने ब्रेकअप की वजह से परेशान हैं। पा लेना चाहते हैं फिर उन्हीं संबंधों को, जो कभी बहुत गहरे हुआ करते थे। तड़पते हैं, सिसकते हैं, उन यादों के लिए जो अब सिर्फ यादें ही रह गई हैं।
क्या यह तड़पना व्यर्थ है?

हाँ, शायद।

वह इंसान जो किसी संबंध के लिए तड़प रहा है। उसे खुद से संबंध की भी कोई निश्चितता नहीं है। पता नहीं कब बुलावा आ जाए और सारे संबंधों को पीछे छोड़कर हम बिना एक बार भी पलटे, सीधा चले जाएंगे।

जब हम स्वयं इतने क्षणभंगुर हैं तो ये संबंध जिनके लिए हम तड़पते हैं, सिसकते हैं कहां तक टिक पाएंगे। जब कोई चीज अस्तित्व में आती है तभी उसके अंत की भी निश्चित व्यवस्था हो जाती है। फिर क्यों लोगों को अपने होने पर इतना गर्व होता है...क्यों लोग इस तरह से व्यवहार करने लगते हैं कि वो और उनका अहंकार अनंत काल तक रहने वाले हैं। शायद समझ नहीं पाते असलियत को या फिर याद नहीं रख पाते।
यह धरती, चांद, सितारे, आसमान एक दिन सब मिटेंगे। फिर हम और हमारे संबंध जो अक्सर जीवन को जटिल बना देते हैं कहां तक टिकेंगे!

आज उसका जन्मदिन है। उसने गौर किया है कि यह जन्मदिन की खुशी सिर्फ बाईस तेईस साल तक ही रहती है फिर धीरे-धीरे फर्क पड़ना बंद हो जाता है। और अब, जब वह तीस साल का हो गया है तो उसे इस दिन की ना तो खुशी है और ना ही दुख।

वक्त कितना जल्दी बीतता है। इंसान जब सोचने बैठता है तो लगता है जैसे कल की ही तो बात थी। हाँ, कल की ही बात थी, जब वह कॉलेज में आया था। सब कुछ एकदम नया-नया था। नया माहौल। नए दोस्त। नए सपने।
जल्दी ही कॉलेज पूरा हो गया। इन सालों में उसने सब कुछ देखा, सुना और जिया। जीवन का एक अध्याय पूरा हुआ।

फिर नौकरी तलाशने का दौर आया। काफी मशक्कत के बाद एक ठीक नौकरी मिली। आज पांच साल हो गए नौकरी करते हुए। इन सालों में जीवन अब थोड़ा ठहर सा गया है। वे उमंग, उत्साह की बातें अब जीवन में हकीकत देखने के बाद जैसे कहीं खो गई हैं।

वह अब इंसान नहीं है। लगभग मशीन बन गया है। जब-जब किसी दिन वह ऑफिस से जल्दी फ्री हो पाता है, तब यहां आकर बैठने पर वह खुद को इंसान महसूस करता है। उसे कोई दुख नहीं हैं जिंदगी में। बस एक अलगाव सा इस दुनियां से होने लगा है। पता नहीं क्यों, लेकिन हर एक बात जिस पर उसके सहकर्मी या दोस्त उछल पड़ते हैं। वह उसे बासी और नकली सी लगती है।

अपने आसपास देखकर उसे लगता है कि यहां सब लोग अपने चेहरों पर मुखौटा लगाए हुए घूम रहे हैं। अंदर से ये लोग कुछ और ही हैं। यहां हर इंसान खेल रहा है।

इंसान का खेलना कभी बंद नहीं होता बस खिलौने बदल जाते हैं।

ये सब बातें वह अपने आप से करता है। इस बालकनी में बैठकर ही वह खुद को महसूस कर पाता है। एक हल्की सी सुकून की लहर उसके अंदर उठती है। यहां उसे लगता है जैसे वह अपने आप में लौट आया है। बहुत दिनों से भटकने वाला कोई भूला हुआ इंसान जैसे अपने घर को लौटता है। घर लौटना कितना सुखद होता है। लेकिन वो जिनका कोई घर ही नहीं बस पाता क्या कभी लौटने के हकदार भी रहते हैं! क्या वो कभी लौट भी पाते हैं! ये समाज क्या उन्हें उतनी आसानी से स्वीकृत कर लेता है जब वो लौट कर आते हैं।
ऐसा क्यों है कि शादी ना करने वाला व्यक्ति समाज से काट दिया जाता है। खासकर तब जब वह व्यक्ति एक साधारण व्यक्ति हो। अपने ही सवालों की दुनियां में भटकते हुए वह कहीं दूर निकल गया। तभी अंदर रखे हुए उसके फोन की घंटी बजती है। वह घड़ी में वक्त

देखता है। एक गहरी सांस लेते हुए अपनी दुनियां को अलविदा कहकर इस दुनिया में वापस लौट आता है, जहां

अब पूरी तरह अंधेरा छा गया था।

3. गांव और शहर

अक्षत के मां-बाप ने एक अनोखा फैसला लिया है। शहरी जीवन से तंग आकर उन्होंने वापस अपने गांव में जाकर बसने का निर्णय किया है। लेकिन इसमें दो परेशानियां हैं एक उसके पापा का बिजनेस और दूसरी अक्षत की पढ़ाई। बिजनेस वाली समस्या तो बढ़ती तकनीकी सुविधाओं की वजह से हल हो गई और तय हुआ कि वह सारा काम ऑनलाइन सेवाओं के माध्यम से मॉनिटर करेंगे और हफ्ते में एक दो विजिट शहर की हो जाया करेगी।

अब समस्या आई अक्षत की पढ़ाई को लेकर। काफी सोचने समझने के बाद निष्कर्ष निकाला गया की अक्षत अभी बच्चा है और सिर्फ पांचवी क्लास में पढ़ता है इसलिए बहुत ज्यादा

परेशान होने की बात इसमें नहीं है। उसे गांव के ही सरकारी स्कूल में भर्ती किया जा सकता है। अगर स्कूल में पढ़ाई में कमी रहेगी तो उस कमी को घर पर पूरा किया जाएगा।

जान पहचान वालों ने सुना तो उनका माथा ठनका। जब लोग बेतहाशा गांवों से शहरों की ओर भाग रहे हैं तो आपको यह उल्टा विचार मन में क्यों आया।

वहाँ तो बेसिक सुविधाएं भी नहीं है। गांव का जीवन बहुत कठिन है। इस तरह की बातें कहकर मित्रों ने अक्षत के पिता का मन बदलने की काफी कोशिश की। लेकिन ये लोग इन बातों पर पहले ही विचार कर चुके थे। गांव में अभी भी मूलभूत सुविधाओं का काफी अभाव है। यह बात बिल्कुल सही है। आठ–आठ घंटे के पावर कट होते हैं, प्राइमरी अस्पतालों के डॉक्टररों का हफ्तों तक नदारद रहना और कभी-कभी अस्पताल में ड्यूटी ज्वाइन ही नहीं करना। जिससे अस्पताल वहीं के किसी लोकल नर्सिंग ऑफिसर के भरोसे चल रहे होते हैं। इस तरह की असुविधाएं गांव में हैं। लेकिन अगर आप आर्थिक रूप से थोड़े सक्षम हों और आपके मन में दृढ़ निश्चय हो, तो फिर ये बातें ऐसी नहीं है जिससे आपकी गांव में बसने की मंशा को पूरी तरह नष्ट किया जा सके।

असुविधाएं शहरों में भी कम नहीं हैं। यह तो बस नजरिये का फर्क है की आप कहां रहने की चाह आपके मन में पाले हुए हैं।

शहरों में दमघोंटू प्रदूषण, तीन-तीन घंटों के जान निकाल देने वाले ट्रैफिक जाम, यहाँ की अत्यधिक भाग-दौड़ और भीड़-भड़क्के वाली जिंदगी क्या अच्छी कही जा सकती है? लोग बसों और ट्रेनों में भेड़ बकरियों की तरह भरे हुए चले जा रहे हैं। कैसे शहरों के जीवन को सुखी जीवन कहेंगे आप?

हाँ, यह सही है कि शहरों में रोजगार के अवसर गांव से अधिक हैं और ज्यादातर लोग इसी मजबूरी के चलते शहरों का यह दमघोंटू जीवन जीने को बाध्य हैं। लेकिन जिनकी रोजगार को लेकर कोई मजबूरी नहीं है, जो ठीक पैसे कमा चुके हैं या इस स्तर पर हैं कि अगर चाहें तो शहरों से दूर रहकर भी अपना व्यवसाय चला सकते हैं। ऐसे लोग भी शहरों में क्यों हैं? क्योंकि ये लोग अपनी जीवन शैली में बदलाव करने की कल्पना भी नहीं कर करना चाहते। इस स्थिति में उन्हें पता भी नहीं है लेकिन वे एक पिंजरे

में बंद हो चुके हैं। जो उन्होंने खुद बनाया है। अब अगर अक्षत के माता-पिता इस कैद को तोड़कर बीस साल बाद वापस गांव में आकर अपना जीवन गुजारना चाहते हैं, तो इसमें गलत कुछ भी नहीं बल्कि एक साहस भरे कदम की झलक है। लेकिन लोगों ने उन्हें बेवकूफ कहा। खैर, उन्हें इन बातों का कोई फर्क नहीं पड़ा क्योंकि ये लोग इस तरह की मानसिकता के पिंजरे से मुक्त हो चुके थे।

अक्षत के लिए ये सब थोड़ा चैलेंजिंग रहा। क्योंकि वह शहर में ही पैदा हुआ और वहीं पला बढ़ा। उसे गांव को लेकर उत्सुकता तो थी लेकिन थोड़ी झिझक भी उसके मन में थी। अंततः ये लोग गांव में आकर बस गए।

आज के भारत के गांवों में तमाम असुविधाएं होने के बावजूद ये काफी आगे भी बढ़े हैं। आज इंटरनेट यहां अच्छी तरह चलता है जो की काफी समस्याओं का अकेला हल है। बिजली के लिए सोलर सिस्टम यहां इंस्टॉल कर सकते हैं। सिर्फ एक प्रमुख समस्या स्वास्थ्य को लेकर बचती है जो आपके पास अच्छे परिवहन के साधन होने की स्थिति में थोड़ी कम हो जाती है। इस तरह लगभग सारी सुविधाएं अक्षत के गांव वाले घर में उपलब्ध करा दी गई हैं। गांव के वातावरण का तो कहना ही क्या है। यह

गांव पहाड़ों के साथ बसा हुआ है और इसके एक तरफ अच्छा–खासा तालाब भी है। दूर तक फैली हरियाली भी बेहद सुकून का अहसास कराती है।

गांव की आबादी मुश्किल से पांच सौ लोगों की रही होगी। लोगों का व्यवहार अच्छा है। क्योंकि अक्षत शहर से आया है तो गांव के बच्चों के बीच में एक आकर्षण का केंद्र भी है। बच्चे उससे दोस्ती करना चाहते हैं और शहर के बारे में उससे नई नई बातें जानने को उत्सुक रहते हैं। उत्सुकता मनुष्य ही नहीं सभी प्राणियों में पाया जाने वाला एक प्रमुख गुण है। हालांकि मनुष्य का मस्तिष्क उत्सुकतावश किए हुए कार्यों के परिणामों का विश्लेषण करने की क्षमता भी रखता है। इसी वजह से मनुष्य अन्य प्राणियों से विकास क्रम में आगे निकल गया।

अक्षत और उसके मां-बाप ने यहां आकर पाया कि यहां के स्कूल में पढ़ाई को लेकर माहौल उतना भी बुरा नहीं जितना उन्होंने

सोचा हुआ था। पिता को अपना जमाना याद आया जब वह खुद इसी गांव के स्कूल में पढ़ते थे। तब यहां स्कूल की पूरी बिल्डिंग भी नहीं होती थी। बच्चों को खुली जगह पर बैठकर पढ़ना पड़ता था। लेकिन आज काफी कुछ बदल गया है। कमोबेश सारी सुविधाएं आज यहां उपलब्ध हैं। बस कभी कभी अध्यापकों का स्कूल आने का समय थोड़ा सा ऊपर नीचे जरूर हो जाता है। समय के साथ अक्षत का मन स्कूल में लग गया। उसने यहां कुछ दोस्त भी बना लिए। वह बिना किसी खास मेहनत के ही क्लास का टॉपर बन गया है। यहाँ बच्चों का लेवल उतना

नहीं है कि उसे बहुत ज्यादा कॉम्पिटिशन फेस करना पड़े। पता नहीं कैसे पर अक्षत के मन में गांव के बच्चों को लेकर सहानुभूति है। वह उनकी हर संभव मदद करने का प्रयास करता रहता है। थोड़ी परेशानी झेलने के बाद उसके माता-पिता भी अपना बिजनेस गांव से चलाने में सफल होते हैं।

जब भी मन होता है, अक्षत अपने पिता के साथ शहर चला जाता है। अपने पुराने दोस्तों से मिलता है। कई बार वो लोग दो-चार दिन के लिए शहर में रुक भी जाते हैं। देखते देखते वक्त गुजरता जाता है और अक्षत गांव से ही अच्छे नंबरों से दसवीं कक्षा पास

करता है। स्कूल के साथ-साथ यहाँ एक बार फिर इंटरनेट का उपयोग उसकी पढ़ाई में सहायक होता है।

ग्यारहवीं कक्षा में उसे शहर जाना पड़ा। गांव के स्कूल में सिर्फ आर्ट्स के सब्जेक्ट ही उपलब्ध हैं और उसने विज्ञान विषय चुना है। बारहवीं कक्षा पास करने के साथ ही अक्षत का देश के एक प्रतिष्ठित मेडिकल कॉलेज में एडमिशन हो गया। वक्त के साथ अब अक्षत पूरी तरह अपनी पढ़ाई में खो गया है। उसका गांव आना अब लगभग बंद हो गया था। मम्मी पापा उससे मिलने के लिए शहर आ जाया करते थे इस वजह से उसे गांव गए अब एक लंबा अरसा बीत गया था।

आज लंबे अंतराल के बाद उसे अपनी पढ़ाई से फुर्सत मिली तो वह गांव जाने का मोह दबा नहीं पाया। आज बहुत दिनों बाद बचपन के दिन उसे याद हो आए हैं। आज उसे गांव की याद बेहद तीव्र वेदना के साथ सता रही थी। पता नहीं कब वह अपने गांव से इतनी गहराई से जुड़ गया था। अब उसने कुछ दिनों के लिए गांव जाने का निश्चय कर लिया।

बस से उसके गांव तक का सफर लगभग चार घंटे का है पर इतने दिनों बाद अपने गांव जाने की ललक में अक्षत को ये सफर

चालीस घंटे के बराबर लगा। बस में से उतरने से पहले ही उसे पापा की कार दिख गई। यहीं, इसी चौराहे पर गांव जाने वाली सवारियां बस से उतरती हैं। यहां से गांव लगभग पन्द्रह किलोमीटर पड़ता है। वह अपनी मर्जी से गांव आया है उसे जबरदस्ती बुलाया नहीं गया है यह देख कर पापा खुश हैं। उसे कार में बैठा कर वहां खुली हुई दो चार दुकानों से वे कुछ सामान लेने चले गए। थोड़ी देर बाद कार में बैठे हुए अक्षत ने देखा एक बस में से एक दुबली सी औरत उतरी और वहां लगे चाय के खोखे के पास खड़ी हो गई। एक बच्चा उसकी गोद में है और कोई चार एक साल का बच्चा उसका हाथ पकड़े आते-जाते लोगों को सहमा हुआ सा देख रहा है। वह औरत भी थोड़ी गुमसुम सी दिखाई पड़ रही थी।

सर पर पल्लू नहीं है, मतलब यहां आस-पास के ही किसी गांव की बेटी है। इस तरह की गूढ़ बातें अक्षत गांव में रहकर सीख गया था। शायद वह औरत किसी वाहन का इंतजार कर रही थी। अक्षत पर नजर पड़ते ही वह कार के पास आ गई और थोड़ी सी झिझक के साथ हंसते हुए बोली,

"भैया गांव ही जा रहे हो न?"

उसका इस तरह से हंसकर यह बात कहना अक्षत को असमंजस में डाल गया।

वह फिर बोली,

"पहचाना नहीं मुझे?"

"मैं कविता हूँ। हम स्कूल में साथ पढ़े थे!"

अब अक्षत ने उसे गौर से देखा। उसे याद आया। वह उसे पहचानता था। लेकिन उसने कविता की कल्पना इस तरह कभी नहीं कि थी। इसलिए वह थोड़ा सा चौंक गया था।
"ये बच्चे तेरे ही हैं? तेरी शादी कब हो गई?"

"पाँच साल हो गए।"

कविता ने फिर थोड़ा सा हंसते हुए जवाब दिया।

इतने में पापा आ गए।

"नमस्ते ताऊजी"

"तू तो रघुवीर की छोरी है ना?"

"हां!"

"गांव ही चल रही है?"

"हाँ, गांव ही जा रही थी।"

"अच्छा चल आजा और बच्चों को भी ढंग से बैठा ले।"

"ससुराल से आ रही है?

"हाँ..." कविता ने अनमने ढंग से उत्तर दिया और बच्चों को लेकर गाड़ी में बैठ गई।

अक्षत की गाड़ी में पीछे मुड़ कर देखने की हिम्मत नहीं हो रही थी। एक ही गांव में एक ही स्कूल में पढ़कर भी दो लोगों का भविष्य इतना अलग कैसे हो सकता है? कविता का बाप गरीब किसान है। क्या यही बात इतने बड़े अंतर का कारण है। वो पढ़ने में अच्छी थी। बचपन से ही गांव में रहने के बावजूद भी वह स्कूल में अक्षत से थोड़े ही नंबरों से पीछे रहती थी। लेकिन उसका भविष्य ऐसा होगा यह अक्षत ने कभी सोचा नहीं था। गांव में रहने वाले लोगों के बीच भी एक बहुत बड़ा फासला है, जो शहरों में आकर और भी बड़ा हो जाता है।

"क्या होता अगर कविता मेरी जगह होती?" अक्षत ने एक ठंडी साँस छोड़ी। ब्रेकर का झटका लगने से अक्षत के विचार थमे। उसने आंख बचाकर हल्के से पीछे देखा,

कविता अपने छोटे से बच्चे के साथ खेल रही थी।

4. अप्रत्याशित

सुबह के छः बजने से पहले ही तरुण का मोबाइल बज उठा। उसके पास अक्सर इतनी सुबह कॉल्स नहीं आते हैं। उसकी नींद अभी ठीक

से पूरी नहीं हुई थी। रात में वह देर तक काम करता रहा था। उसने अधखुली आंखों से ही डेस्क पर मोबाइल को टटोला ओर कॉल उठाया।

दूर के एक रिश्तेदार, किशन का फोन था। ये उम्र में तरुण से काफी बड़े हैं इसलिए तरुण इन्हें किशनजी कहता है। आज वो दिल्ली आ रहे हैं। उन्हें एक साल से ऊपर हो गया है अलवर के एक छोटे से गांव से आकर दिल्ली के इस अस्पताल के चक्कर लगाते हुए। एक्सीडेंट हुआ था उनका। खेत से घर लौटे रहे थे तभी अचानक बाइक ने टक्कर मार दी। बचने की उम्मीद लगभग मिट चुकी थी, लेकिन ये बचे रहे। जीवन की भीषण लहरों से टक्कर लेते हुए। ये गरीब हैं और भाग्य के थपेड़ों से आहत भी। अपना इकलौता बेटा पहले ही खो चुके हैं।

ये कभी-कभार ही तरुण को बुलाते हैं, जब उन्हें लगता है की वो डॉक्टरों को अपनी बात सही से समझा नहीं पा रहे। समय निकाल कर तरुण उनकी मदद के लिए चला जाता है। पिछली दो तीन विजिट के बाद अब वह खुद अस्पताल जाने को लेकर

उत्सुक रहता है। जहां तरुण रहता है, उससे तय अस्पताल की दूरी लगभग एक घंटे की है, अगर सिटी बस से जाना हो तो ।

तरुण दस बजने से थोड़ा पहले ही अस्पताल पहुंच गया है। उनको पहुंचने में अभी वक्त लगेगा। अस्पताल की बाहरी सड़क पर काफी भीड़ है। चाय की दुकानें और उन पर बैठे लोग, पोहे के ठेले, जूस और दवाईयों की दुकानें। एक तरफ लगभग कतार में कई सारे छोटे-छोटे ढाबे हैं। इन ढाबों पर साफ–सफाई का कुछ विशेष ध्यान नहीं है लेकिन परिस्थितियों में फंसे इन लोगों के लिए ये काफी मददगार साबित होते थे। शहर के बाहरी हिस्से में होने के कारण यहाँ जगह की कमी नहीं है, लेकिन डेढ अरब की आबादी वाले इस देश में अस्पताल और डॉक्टर्स फुर्सत में कैसे रह सकते हैं। चाय के ठेलों और दवाईयों की दुकानों पर उमड़ी भीड़ को देख कर तरुण का मन अजीब सा हो गया। वो जल्दी-जल्दी चल कर अस्पताल के वेटिंग एरिया में पहुंच गया। यहाँ आकर उसे थोड़ी तसल्ली मिली। यहाँ भीड़ कम है। चार पांच बेंच लगी हुई हैं जिनमें से आधी खाली पड़ी हैं। सामने की दीवार

पर महात्मा गांधी का बड़ा सा चित्र बना हुआ है। प्राइवेट अस्पताल है इसलिए साफ सफाई ठीक है। हॉल के ही एक तरफ तीन विंडो हैं ओपीडी, कैश काउंटर, और रिसेप्शन।

तरुण एक खाली पड़ी बैंच पर बैठ जाता है। उसकी नजरें आते जाते लोगों में किसी को तलाशने लगती हैं। थोड़ी देर बाद उसकी नजर रिसेप्शन पर बैठे सख्श पर पड़ती है जो रह रह कर उसे घूरे जा रहा था। तरुण असहज होकर अपने मोबाइल में देखने लगता है। लगभग बीस मिनट बाद किशनजी आते हैं और बिना पूछे ही बस के लेट होने की बात कह कर थोड़ा सा मुस्कुरा देते हैं। सामने के दांतों के ना होने की वजह से उनकी हंसी कुछ अजीब सी दिखाई देती है। एक्सीडेंट में दो-चार दांतों के अलावा इनके सारे दांत टूट गए थे। जबड़ा भी अपनी जगह से खिसक गया था जो कि अब सही कर दिए जाने के बाद भी थोड़ा टेढ़ा ही दिखता है। दाएं हाथ की एक हड्डी सही से न जुड़ पाने के कारण कलाई के पास बाहर निकली हुई दिखाई देती है। लगभग साल भर से इस पर एक गरम पट्टी लिपटी हुई है। तरुण अपने बचपन से इस इंसान का जीवन के साथ संघर्ष देख रहा है। जिंदगी ने इस इंसान को हमेशा दुख ही दिए पर इसे तोड़ नहीं पाई।

दो-चार हल्की-फुल्की बातें करने के बाद दोनों रूम नंबर चार की ओर बढ़ते हैं जहां डॉक्टर श्रुति हल्की सी स्माइल के साथ इनसे

मिलती हैं। किशनजी डॉक्टर को हाथ जोड़ कर नमस्ते करते हैं। तरुण लगभग अपनी ही वय की डॉक्टर को देख कर मन ही मन कहता है, हैलो डॉक्टर!

शुरुआती परीक्षण के बाद डॉक्टर श्रुति किशनजी के आर्टिफिशियल दांतों के लिए मेजरमेंट लेने लग जाती हैं। तरुण बाहर गलियारे में पड़ी बेंच पर आकर बैठ जाता है। छत में लगा हुआ पंखा कट-कट की आवाज के साथ धीरे धीरे घूमता रहता है।

काफी देर बाद अचानक डॉक्टर ऋतु उसके सामने से निकलकर रूम नंबर तीन में जाती है। तरुण ने महसूस किया कि उसकी धड़कनें थोड़ी सी तेज हो गई हैं। पिछली बार जब वो यहां आया था तब उसकी पहली मुलाकात डॉक्टर ऋतु से हुई थी। तब न जाने क्यों, इस लड़की से बात करते हुए तरुण बहुत नर्वस हो गया था। डॉक्टर ऋतु सुंदर थी पर उससे भी ज्यादा सुंदर उसके अंदर कुछ था जो तरुण को आकर्षित किए जा रहा था। तरुण के मन में डॉक्टर ऋतु के लिए कुछ अलग सी फीलिंग्स आ गई थी। उसने सुंदर लड़कियां बहुत देखी हैं

लेकिन यहां बात सिर्फ सुंदरता की नहीं थी। यह कुछ और ही था जो अभी तक उसकी समझ से परे था।

थोड़ी देर में अचानक डॉक्टर ऋतु उसके सामने आकर खड़ी हो गई।

"आप किशनजी के साथ हैं?"

"हाँ, डॉक्टर।"

"आपने उनकी रिपोर्ट रूम नंबर चार में डॉक्टर नितीश को दिखाई थी?"

"न..हाँ! मैम । उन-ने- उन्होंने कहा था कि इनकी नर्व रिपेयर होने में अभी टाइम लगेगा।"
ऐसी ही दो चार बातें उनके बीच में और हुई और फिर
डॉक्टर ऋतु चली गई।

तरुण अपने माथे पर छलक आई पसीने की बूंदों को पोंछता हुआ ऋतु को जाते हुए देखता है। लेकिन ऋतु गलियारे में थोड़ी दूर जा कर

वापस आती है। पास आकर एक पर्ची पर अपना मोबाइल नंबर लिख कर उसे तरुण को देते हुए कहती है -

“अगर कोई प्रॉब्लम हो तो आप इस नंबर पर कॉन्टैक्ट कर सकते हैं।
एक हल्की सी खुशी की लहर तरुण के अंतर्मन में उठी और उसे थोड़ी देर के लिए किसी और ही दुनियां में ले गई।

ऋतु चली गई। तरुण पर्ची को हाथ में लेकर खड़ा है। वह तय नहीं कर पा रहा है कि वापस लौटते हुए ऋतु के चेहरे पर जो हल्की सी मुस्कान थी उसका क्या मतलब हो सकता है। ऋतु के साथ अपनी पहली मुलाकात से लेकर अब तक एक बहुत बड़ी यात्रा तरुण ने अपने अन्तर में की है। बहुत द्वंद उसने सहे हैं। ऋतु के साथ यह अप्रत्याशित आकर्षण उसके लिए एक ऐसी नदी बन गया है जो उसे तीव्र वेग से बहा ले जा रही है। यह आकर्षण क्या वाकई वही है जो उसे लग रहा है, या फिर यह सिर्फ बेचैन मन का एक और पड़ाव है? अपने द्वंद से उलझते हुए तरुण को समय के गुजरने का अहसास ही नहीं हुआ, जब तक की किशन जी नहीं आ गए। उन्होंने ही आकर तरुण के विचारों की श्रृंखला तोड़ी। नए

नवेले दांतों के साथ बच्चों का सा उत्साह उनके चेहरे पर झलक रहा था।

अस्पताल में कागज-पत्रों से संबंधित थोड़ा और काम करवाने के बाद वहां से फ्री होकर तरुण ने किशनजी को गाँव जाने वाली बस में बैठाया और अपने घर की ओर चल पड़ा।

अब तीन दिनों से तरुण को कुछ नहीं दिख रहा है सिवाय ऋतु के।
बहुत सी हिम्मत जुटा कर तरुण ने ऋतु को पहला मैसेज किया। ऋतु ने बड़े अच्छे से बात की। हालांकि बातें बहुत साधारण सी ही थी। जैसे कि, –
"थैंक्यू डॉक्टर, यू आर वेरी हेल्पफुल।
यू हैव लौट ऑफ एम्पेथी टुवर्ड्स यौर पेशेंट्स" इत्यादि
....इत्यादि।
ऋतु के जवाब भी तरुण को बड़े भले लगे।

उस दिन ऋतु से बात करने के बाद तरुण ने अपने जीवन की पहली प्रेममयी कविता लिखी। उससे जैसा भी बन पड़ा उसने

लिखा, उसके हिसाब से बेहद गहरा और भावपूर्ण काव्य उसने रच दिया था, जो कि इस प्रकार था —

हाँ, जब पहली बार तुम्हें देखा था
कुछ उतर गया था मन में
जैसे भरी दोपहरी में उठकर
कोई बदली बरस गई आंगन में
हो सकता है सिर्फ आकर्षण
और नहीं यह कुछ भी
पर, क्या कभी प्रथम आकर्षण
शुरुआत नहीं हो सकती?
मैंने पाया तुम्हें जगत में
सबसे नित्य निराला
सोया हुआ था अब तक जैसे
तुमने आकर मुझे जगाया
कैसे-कैसे दिन गुजरें ये
जाने कैसे रातें

सब कुछ भूल चुका हूँ मैं
अब सिर्फ बची कुछ बातें
बातें जिनमें केवल तुम हो
और सिर्फ तुम्हीं हो
जैसे जीवन के हर क्षण में
अब एक तुम ही संबल हो

वक्त के साथ बातें कुछ आगे बढ़ी लेकिन बातों के आगे बढ़ने के साथ ही साथ कुछ गलतफहमियां भी दोनों के बीच घर कर गई। अप्रत्याशित आकर्षण से शुरू होने वाली कहानी अप्रत्याशित कारण से, शुरू होने से पहले ही खत्म हो गई।

शायद, कुछ कहानियों का अधूरा रह जाना ही उनका पूरा होना होता है। जिंदगी में अधूरापन खलता बहुत है लेकिन हम इसे मिटा नहीं सकते। सिर्फ स्वीकार कर सकते हैं। स्वीकार कर लेने से जीवन का अधूरापन भरता तो नहीं है लेकिन एक संतोष का भाव मन में रह जाता है। क्योंकि अंत में स्वीकार कर लेना, मान लेना ही हमारे हाथ में बचता है।

5. परवरिश

कक्षा बारहवीं का रिजल्ट आया। घर में मातम पसरा हुआ है। घर का बड़ा बेटा पास तो हुआ लेकिन अच्छे नंबर नहीं आए। पापा कहते हैं चलो कोई बात नहीं। इतने नंबर पर भी ठीक कॉलेज मिल जाएगा। लेकिन बेटा चुप है। बेटे का दिमाग खराब है। बाप का दिमाग खराब नहीं है। बाप सांत्वना देता है..कोई बात नहीं। यह कैसा बाप है? डांटने-पीटने की बजाय खुद ही कह रहा है कि कोई बात नहीं।

नजदीकी शहर में बाप एक अच्छे से कॉलेज में बेटे का एडमिशन करवाता है। घर आकर खुशी-खुशी कहता है सब अच्छे से हो गया। अब

अनिल कॉलेज की पढ़ाई करेगा। खूब मेहनत करके पढ़ेगा तो सिविल सर्विसेज की परीक्षा दिलाएंगे।

अगले दिन बाप खुशी-खुशी काम पर जाता है। शाम को वापस लौटता है तो मां कहती है। अनिल कॉलेज नहीं जाएगा। मना कर रहा है। बाप चौंकता है।

क्यों? क्या हुआ? कह रहा है कि बारहवीं दोबारा पढ़ेगा। अच्छे नंबर लाएगा दोबारा पढ़कर। बाप सोचता है। समझने की कोशिश करता है। समझाने की
कोशिश करता है। "जो पीछे छूट गया उसे छोड़ो। अब नई जिंदगी शुरू करो। कोई फर्क नहीं पड़ता बारहवीं के नंबरों से।"

बाप कोशिश कर-कर के, समझा-समझा कर हार गया है। बेटे को नहीं मानना था। नहीं माना। उमंग और उल्लास से जिस कॉलेज में बाप एडमिशन कराने गया था, वहीं से एडमिशन रद्द करवा के 'डॉक्यूमेंटस' वापस लाकर बेटे को दे दिए। कैसा लगा होगा उस वक्त उस बाप को? वह अच्छे से जानता था कि गलत कर रहा है बेटा। लाख

समझाया लेकिन बेटा नहीं माना। आज तक बेटे पर हाथ नहीं उठाया कभी। शायद उसी का परिणाम है कि बेटा हमेशा अपनी मर्जी की करता है।

बेटा न मां की परवाह करता है और न बाप की। छोटी-छोटी बातों पर बेटे का दिमाग खराब हो जाता है। घर में मातम पसर जाता है। मम्मी कहती है चुप रहो बड़े भैया का दिमाग खराब है। छोटा बेटा समझ नहीं पाता। क्या हुआ? अभी तो हंसते-हंसते बाजार गए थे भैया पापा के साथ। फिर पता

चलता है, मार्केट में पापा ने दुकानदार से मोल-भाव कर लिया था, तो भैया का दिमाग खराब हो गया। मम्मी से आकर कहा,
"हमेशा इंसल्ट करवाते हैं।" ऐसी ही बातों पर पता नहीं कितनी बार बड़े भैया
का दिमाग खराब हो जाता है और घर में मातम पसर जाता है।

खैर, बेटे ने बारहवीं दोबारा पास की। पिछली बार से थोड़े ठीक नंबर आए। थोड़ी बड़ी कॉलेज में एडमिशन मिल गया। बाप ने अब कुछ भी कहना समझाना छोड़ दिया है, क्योंकि पता है हमारी नहीं मानेगा।

बेटा गया दूसरे शहर में बड़ी कॉलेज में पढ़ने। बाप की उम्मीदें फिर जागी। लेकिन बेटा हर चौथे दिन घर वापस। बाप ने सोचा अभी शुरुआत है मन नहीं लगता होगा। लेकिन बेटे का मन नहीं लगते-लगते करीब आधा साल गुजर गया और वह इसी तरह से हर चौथे पांचवें दिन घर आता रहा। थोड़ा और वक्त गुजरा। करते-करते परीक्षा आ गई। बाप ने कहा। अब बार-बार आना जाना बंद कर। परीक्षा पर ध्यान दे। बेटा चुप! घर में मातम। बड़े बेटे का दिमाग खराब है।

बाप ने जोर से कहा, "पढ़ाई नहीं करनी?" बेटे की आँखें लाल। बाप चुप!

अगले दिन बेटा गया। बाप खुद बस में बैठा कर आया। बस स्टैंड के पास में ही किसी नेता का चुनाव प्रचार का मंच लगा हुआ था। बाप ने सोचा, देख ले थोड़ा। बाप गया। थोड़ी सी भीड़ थी। दस मिनट खड़ा रहा। कुछ खास बात नहीं है। वापस आने को मुड़ा, तो देखा थोड़ी ही दूरी पर बेटा खड़ा है। धक्का-मुक्की के बीच। नेता का भाषण सुन रहा

है। बाप ने पीछे से जाकर हाथ लगाया। दोनों में कुछ बात नहीं हुई। चुपचाप घर आ गए। मां को सारी बात बताई। मां ने पूछा, बाप पहले ही पूछ चुका था।

"गया क्यों नहीं। बस में से उतर क्यों गया।
बेटा चुप! आंखें लाल हो रही हैं। इस बार मां-बाप का भी दिमाग खराब। और बेटे का भी।

मां ने पूछा, बहुत बार पूछा। बाप ने गुस्से में पूछा। बेटे ने उससे भी ज्यादा गुस्से में बताया।

कॉलेज से निकाल दिया मुझे।

क्यों?

एहसान जताते हुए बेटे ने बताया।

हाजिरी कम हुई थी।

तो जाता क्यों नहीं था तू कॉलेज? पहले क्यों नहीं बताया?...

उस रात जब नींद खुली तो पहली बार बाप को रोते हुए देखा छोटे बेटे ने। बाप मां की गोद में सिर रखकर रो रहा था।

"भैया पापा रो रहे हैं।"

"रो रहे होंगे।"

अगले दिन घर में पसरे हुए मातम को तोड़ते हुए बाप ने कहा, "कोई बात नहीं अनिल। अब कॉलेज बाद में कर लेना अभी बारहवीं से सरकारी नौकरी
की तैयारी कर ले।

बेटा चुप!

यह बाप कभी भी बेटे को डांटता-पीटता क्यों नहीं?
शायद उसे वहम था कि बेटा बड़ा हो गया है। या फिर बेटे के गुस्से से डरता था। ऐसा भी कोई इंसान होता है भला।

जैसे–तैसे करके कुछ दिन बाद बेटा दूसरे शहर जाता है सरकारी नौकरी की तैयारी करने। इस बार बाप उसे बहुत देर तक समझाता रहा था।

दिन गुजरते हैं।

एक दिन अचानक बेटे का फोन आता है। बाप काम पर है। भाग कर बैंक जाता है। बेटे ने कहा है कि बारह बजे से पहले तीस हजार रुपए चाहिए। अभी ग्यारह बजे हैं। डिमांड ऐसे की गई थी जैसे की ऑर्डर हो। बाप को

जाना पड़ा, क्योंकि बेटे का जरूरी काम था कुछ। "पता नहीं ऐसा क्या काम पड़ गया। बताया भी नहीं कुछ" बाप सोचते हुए जा रहा है।

ऐसे फोन कई बार आते गए। यहां बाप को दोषी माना जा सकता है। नहीं देने थे पैसे। वैसे भी पैसे हराम की कमाई के नहीं थे मेहनत की कमाई के पैसे थे। लेकिन पता नहीं कैसा इंसान था यह। कई बार तो अपने काम की वजह से सिर्फ रात का खाना खा पाता था। फिर भी यह इंसान अपनी कमाई लुटाए दे रहा था। शायद बेटे से कुछ ज्यादा ही उम्मीदें लगा ली थी।

समय गुजरता है लेकिन बेटे की नौकरी नहीं लगती। बाप हार नहीं मानता। बेटे को उत्साहित करता जाता है।

“कोई बात नहीं अनिल। मेहनत कर इस बार नौकरी लग जाएगी।”

अनिल की नौकरी नहीं लगनी थी। नहीं लगी।

बाप के अंदर कुछ टूट सा गया। बाप सोचता है। पीछे देखता है। कहाँ कमी रह गई मेरी दी हुई परवरिश में। अपने सामर्थ्य से बढ़कर सब कुछ किया..

लेकिन फिर भी...।

बेटे को समय से पहले बड़ा मान लेना ही तो कहीं इस सब की वजह नहीं
थी। बाप सोच में डूब जाता है।

6. मृत्यु की ओर

मैं सुबह के वक्त पार्क से आते हुए दूध लेने दुकान की तरफ मुड़ गया। दुकान वाले को पैसे दे ही रहा था कि अचानक एक तेज कांपती सी आवाज कानों में पड़ी।

" अगर दे के ना गई तो अपने बाप की औलाद नई।"

लगभग अस्सी साल की एक वृद्धा दूसरे दुकानदार से कह रही थी। उसका पूरा शरीर अकड़ा हुआ था और चेहरा तमतमाया हुआ। दुकान वाला थोड़ा अचकचा गया। उसे ऐसे शब्द सुनने की उम्मीद नहीं थी और शायद आदत भी नहीं। वृद्धा ने कोई सामान उधार लिया था और उसके पैसे कल देने की बात पर दुकानदार द्वारा अविश्वास प्रकट किए जाने पर ये बात कही गई थी। दुकानदार ने थोड़ी सी झिझक के बाद उसे सामान दे दिया। चेहरे पर गुस्से का भाव लिए हुए वो दुकानदार को घूरते हुए जाने के लिए मुड़ी।

हाथ में लिया डंडा टेकते हुए वृद्धा करीब-करीब घिसट कर चल रही थी। जीर्ण काया शायद इसे ही कहते हैं मेरे मन में आया। बिल्कुल छोटी सी गठरी जैसे आकृति। कमर बिल्कुल झुक गई थी, आंखों की जगह अंधेरे गड्ढे दिख रहे थे। कांपते हुए हाथ, जिनसे बहुत ताकत के साथ डंडा पकड़ा हुआ था। इस दुकान से तीन-चार दुकान छोड़ कर एक गली थी। वृद्धा उसमें ओझल हो गई। लेकिन वहां तक पहुंचने में भी उसे काफी समय लगा।

मैंने पहले भी कई बार इसे गलियों में आते-जाते देखा है। जब भी देखा, अकेले, कुछ बड़बड़ाते हुए, गुस्से में तमतमाया चेहरा लिए और उसी डंडे के सहारे रेंग कर चलते हुए। ये शायद मेरे किराए के घर के आस-पास ही कहीं रहती थी।

फिर एक दिन अपने घर की पिछली गली में उसे देखा। कोई लड़का हाथ पकड़कर धीरे-धीरे इसके साथ चल रहा था। पता नहीं क्यों पर मुझे तसल्ली सी हुई। मन में आया कि चलो किसी ने तो अब इसकी सुध ली। मैंने अनुमान लगाया कि वो अब तक अकेली रहती थी पर अब कोई इसके साथ रहने आ गया है। बुढ़ापे के जीवन की त्रासदी और अकेलापन का दुख खत्म
हुआ। पता नहीं क्यों लेकिन मुझे राहत सी मिली।

इसके बाद अपने किसी काम के सिलसिले में मुझे काफी दिनों तक शहर से बाहर रहना पड़ा। फिर जब लौट के आया तो एक दिन चाय की टपरी पर बैठे हुए मैंने उसी वृद्‌धा को गली के नुक्कड़ पर एक आदमी के साथ खड़े हुए पाया। वो आदमी बार-बार उसके कान में कुछ बोल रहा था और वृद्‌धा उसका मुँह देखते हुए थोड़ी हक्की-बक्की सी खड़ी थी। मन में उत्सुकता जागी। नजदीक जा कर देखने पर सारा भेद खुला, और साथ ही मैंने उसके जीवन में दुःखों के अंत की जो कल्पना की थी उसका भी अंत हो गया। वृद्‌धा अपने घर का रास्ता भूल गई थी और आने जाने वालों से ये कहते हुए सहायता मांग रही थी कि,

"क्या उन्हें उसके घर का रास्ता पता है?"

कुछ लोग उसकी बात सुनने के लिए रुकते और अपनी असमर्थता जताते हुए दया के भाव से उसे देखते हुए आगे बढ़ जाते। कुछ उसे पागल समझकर उससे थोड़ा दूर होकर चलने लगते। खुद को रोक पाने में जब मैं पूरी तरह असमर्थ हो गया तो मुझे वृद्‌धा के पास जाना पड़ा।

उसने मुझ से भी वही प्रश्न दोहराया।

"बेटा, मेरो घर को रस्तो पतो है का?"

मैंने उसका घर तो नहीं देखा लेकिन मुझे अंदाजा था कि उसका घर आस-पास ही किसी गली में है।

मैंने थोड़ा जोर से पूछा-

"अम्मा कितना बड़ा घर है आपका, रंग कैसा है घर का?"
आस पड़ोस के घरों के बारे में पूछ कर मैंने एक नक्शा सा अपने मन में बना लिया। एरिया ज्यादा बड़ा नहीं था तो मैं आराम से पंद्रह-बीस मिनट में घर ढूंढ सकता था। मैंने अपनी पूरी क्षमता लगाकर उसको समझाने का प्रयास
किया कि मैं घर ढूंढ कर आपको लेने आ जाऊंगा। वृद्धा ने हां में सिर तो हिलाया पर असमंजस उसके चेहरे पर साफ दिख रहा था। मैं जल्दी से घर की तलाश में चल पड़ा। लगभग दस मिनट में ही मुझे घर मिल गया।

दो कमरे एक साथ सटे हुए थे। दीवारों पर काई के साथ कुछ बेलें चढ़ आई थी। बीच-बीच में दीवारों पर छूटे हुए अवशेष देख कर लगता था कि इन पर कभी सफेदी की गई थी। छोटा सा प्लॉट, जिसमें दोनों

कमरों के आगे खाली जगह थी और कोने में एक छोटी सी कोठरी, शायद गुसलखाना था।

जल्दी से वापस आया तो वृद्धा आधे रास्ते में आ चुकी थी। शायद स्मृति जाग गई, या किसी पहचान वाले ने गली का रास्ता बता दिया होगा। लेकिन

इतनी देर तक नुक्कड़ पर खड़े रहने से अब उसका शरीर साथ नहीं दे रहा था। मुझे वृद्धा का हाथ पकड़ना पड़ा। उसके साथ-साथ चलते हुए आज मैंने जाना कि जीवन की गति इतनी धीमी भी हो सकती है। इस गति से जीना कितना कठिन होता होगा। वृद्धा धीरे-धीरे कुछ बड़बड़ा रही थी। ध्यान से सुनने पर मैंने पाया कि ईश्वर को याद किया जा रहा है। लेकिन श्रद्धा से नहीं, क्रोध और शिकायत के भाव से।

वो हमेशा क्यों और क्या बड़बड़ाती थी, आज मैं जान गया था। घर पहुंचने पर दरवाजा खोल कर एक कमरे में पड़े पलंग पर उसे बैठाया। उसकी सांस फूल गई थी और वह लगभग बेहोशी की हालत में जाने वाली थी। मैंने हड़बड़ाहट में पास रखे गंदले से मटके में से पानी निकाल कर उसके मुंह पर छीटें मारे। थोड़ा सा पानी उसे पिला कर मैं चुपचाप एक ओर खड़ा हो गया। थोड़ी देर में वृद्धा में जीवन स्थिर हुआ।

"भैया कोई किसी को ना है।"

"मेरो तो रामजी भी ना है...रे..."

"उठावै भी नाए मोए।"

वृद्धा का शिकायत भरा भाव धीरे-धीरे करुण क्रंदन में बदल गया। इसी क्रम में मैंने वृद्धा का संक्षिप्त इतिहास जाना।

लगभग चालीस साल पहले अथक प्रयासों से भी, जब अपना पुश्तैनी कर्ज ना चुका पाए तो अन्ततः गांव की जमीन बेचनी पड़ी। गांव में किसान की जमीन अगर बिक जाए तो वह अपना मुंह दिखाने के लायक नहीं रह जाता। गांव में बिना जमीन का किसान, किसान नहीं भिखमंगा है।

भाई-बंधु भी अब किनारा करने लगे थे। समाज की उपेक्षा और तानों से तंग आकर अब इनके पास शहर आकर मजदूरी करके पेट पालने के अलावा दूसरा कोई विकल्प नहीं रह गया था।

मन पर पत्थर रख कर कुछ बेहतर भविष्य की तलाश में गांव को अलविदा कह कर ये लोग शहर आ गए। दंपत्ति और इनका इकलौता लड़का। जमीन के बचे हुए थोड़े से पैसों से ये छोटा सा प्लॉट यहां मिल गया था। इनके पति को यहां एक फैक्ट्री में काम मिल गया और बेटा भी कहीं काम पर जाने लगा था। ठीक-ठाक जीवन चल रहा था कि एक दिन अचानक रेलवे स्टेशन की भगदड़ में पति और बेटा चल बसे। ये तीस साल पहले की बात है।

उसके बाद कभी इस वृद्धा के दुःखो का अंत नहीं हुआ। होता भी कैसे? अपना कहने तक को कोई नहीं था। गांव में खबर पहुंच गई थी लेकिन किसी ने सुध नहीं ली। वृद्धा का जीवन तब से लेकर आज तक लोगों की

दया और विधवा पेंशन के सहारे चल रहा है।

अपनी व्यथा कहते-कहते वृद्धा की आंख लग गई। मुझे शंका हुई तो मैंने ध्यान से उसके सीने को देखा। हलचल थी। मैं धीरे से उठा और उस छोटे से घर से बाहर निकल आया। लगा, जैसे एक पूरा जीवन जी लिया है। उसके बाद एक दिन और वो मुझे रास्ते में मिली। मैने गौर

किया कि अब वो थोड़ा और झुक गई थी। शायद ये किसी बूढ़े इंसान के झुकने का चरम स्तर था। इससे ज्यादा अब कोई झुक नहीं सकता था। वो किसी केंचुए की तरह सरकती हुई मेरे बगल से निकल गई। उसकी बड़बड़ाहट जारी थी। मैं खड़े-खड़े उसे देखता रहा। उसे जाते हुए देख कर मुझे लगा जैसे उसका एक मात्र लक्ष्य मृत्यु है और वो उस तरफ बढ़े चली जा रही है।

उसके बाद मैंने बहुत दिनों तक उसे नहीं देखा। एक दिन डिनर करने के बाद ऐसे ही घूमते हुए मैं वृद्धा के घर की तरफ निकल गया। देखा तो घर के

ताला लगा हुआ था। आस-पास पूछने पर पता चला कि वो तो महीने भर पहले ही मर गई। पूरे दो दिनों तक जब वो घर से बाहर नहीं निकली तो

लोगों को शक हुआ। पुलिस को बुलाया गया और अंदर जाकर देखा तो वृद्धा के प्राण उड़ चुके थे। कोई उसकी खबर लेने नहीं आया। किसी ने उसकी परवाह नहीं की। अन्ततः नगर निगम के कर्मचारियों ने

उसका शवदाह कर अपना काम पूरा किया। उसके कुछ दिनों बाद वृद्धा का कोई रिश्तेदार गांव से आकर घर पर ताला लगा गया।

7. ब्रेकअप और एग्जाम

दुनियाँ में आठ अरब से भी ज्यादा लोग हैं। लेकिन जिसका अभी-अभी ब्रेकअप हुआ हो कोई उससे पूछो। उसके लिए तो पूरी दुनिया ही उजाड़ और सुनसान है। लाखों की भीड़ में भी वह अकेला है। अपने आसपास फिरते ये लोग उसे किसी दूसरी दुनिया के जंतु लगते हैं। संसार की कोई भी चीज उसे अच्छी नहीं लगती। सब कुछ फीका, रंगहीन और बेमतलब। हाँ, लेकिन इसमें एक शर्त है की ब्रेकअप आपकी तरफ से ना हुआ हो। अगर आपसे किसी ने ब्रेकअप किया है, तो ये सारी बातें आप पर फटाफट लागू होती हैं। इस पर एक कहानी है।

एक लड़का है X. उसका हो गया है ब्रेकअप। बिना उसकी मर्जी के। वह तो खुश था रिलेशनशिप में, लेकिन फिर अचानक एक दिन ऐसा हुआ कि Y का निश्चित समय पर मैसेज या कॉल नहीं आया। कोई बात नहीं। किसी

काम में भूल गई होगी। ठीक है। लेकिन दिक्कतें तब शुरू हुई जब Y महोदया अक्सर ही उससे बात करने का समय चूकने लगी। अब X भैया के दिमाग की घंटी धीरे-धीरे बजी। दिमाग के घोड़े दौड़ाए पर कुछ

भी समझ ना आए। Y से कुछ पूछे तो वो हर वक्त काटने को दौडे। एक दिन Y महोदया ने स्पष्ट ही कह दिया कि जा अब मैंने तुझसे ब्रेकअप कर लिया। बस हो गया काम तमाम। तभी से X भैया है बहुत ही ज्यादा परेशान। अब तक की कहानी पूरी हुई और साथ ही लेखन की कला भी बदल गई।

अब आगे की कहानी यह है की, X है एक कॉलेज जाने वाला लड़का। उसके फाइनल एग्जाम्स अब आने ही वाले हैं। इस वक्त उसे पढ़ाई और ब्रेकअप दोनों से एक साथ डील करना है। यह जो लोग कहते हैं कि कॉलेज लाइफ सबसे अच्छी होती है। उनका शायद कॉलेज में एग्जाम के आसपास कभी ब्रेकअप नहीं हुआ होगा। बहुत दर्द है इस जिंदगी में भी। खासकर इस बेचारे लड़के X के लिए।
वैसे X पढ़ाई में अच्छा है, लेकिन साल भर पढ़ने के बाद परीक्षा के वक्त अगर सही से रिवीजन ना हो तो पूरे साल की पढ़ाई का कोई खास मतलब रह नहीं जाता। ऐसी सिचुएशन में लोग पास तो हो जाते हैं पर अच्छे नंबर

नहीं ला पाते। अच्छे नंबर लाने के लिए तो रिवीजन बेहद जरूरी है।

अब दोहरी चिंता में X की नींद पूरी तरह से उड़ गई है।

ब्रेकअप के वक्त इंसान दो तरह से दुखी होता है। पहला, जब उसे जाने वाले की याद आती है। दूसरा जब उसे यह याद आता है कि उसने मुझे छोड़ दिया। दूसरा वाला दर्द ईगो हर्ट होने के कारण होता है। अधिकतर लोगों में यही दर्द असली परेशानी का कारण बनता है। हमारा ईगो हमें बार-बार यह याद दिलाता है कि देख, उसने तुझे छोड़ दिया। दरअसल हमारा मन इतना कमजोर होता है कि वह रिजेक्शन झेल नहीं पाता। यह भावना की, "उसने मुझे छोड़ दिया।" ब्रेकअप के दर्द की असली वजह है। यही X के साथ हो रहा था।

जब उसने सारे प्रयास करके देख लिए। जैसे मोटिवेशनल स्पीकर सुने, घरवालों के साथ समय बिताया, दोस्तों के साथ समय बिताया, फिल्में देखी, गेम्स खेले। लेकिन इन सबके बावजूद भी उसे संतुष्टि नहीं मिली और वह मन ही मन जलता रहा। एक दिन उसने कहीं बाहर जाने का भी प्लान बना लिया और वह ऋषिकेश निकल गया। वहां से भी दो दिन में लौट आया।

कहीं भी उसका मन टिक नहीं पा रहा था। परीक्षा की डेट शीट आ गई और
परीक्षा के अब बचे हैं केवल पांच दिन। मन में ब्रेकअप के दर्द की जगह अब परीक्षा का डर ले रहा था। उसने अपने मन को कड़ा करके
रिवीजन के लिए अपनी किताब उठाई। लगभग एक महीने बाद आज उसने किताब को हाथ लगाया था। उसे अपना सिर भारी-भारी महसूस हो रहा था। लगभग चार घंटे उसने जैसे तैसे पढ़ाई की। पढ़ाई करने के बाद अब मन पहले से थोड़ा शांत था।

उसे सोचकर अचंभा हुआ कि एक महीने से उसने इतने प्रयास किए लेकिन उसे इस तरह की शांति महसूस नहीं हुई। ब्रेकअप के दर्द के साथ-साथ उसके मन में पढ़ाई न होने का दुख भी बैठ गया था। तनाव के चलते वह इन दोनों परेशानियों को अलग-अलग करके भी नहीं देख पाया। आज जब उसने अपने आपको थोड़ा संयत किया और पढ़ने बैठा तो उसे दिमाग में हल्कापन महसूस हुआ।

अब ब्रेकअप को साइड में रख कर उसने एग्जाम के प्रेशर में आकर पढ़ाई पर ध्यान देना शुरू किया। उसने पाया कि वह पढ़ाई के साथ साथ उस दर्द

से भी बाहर निकलता जा रहा है। जल्द ही परीक्षाएं खत्म हो गई और लगभग महीने भर में उसका रिजल्ट भी आ गया। वह ठीक अंकों से पास

हुआ था। उसने उम्मीद से थोड़े कम अंक प्राप्त किए थे लेकिन वह खुश था। क्योंकि उसने एक नहीं दो एग्जाम एक साथ पास कर लिए थे। ब्रेकअप का दर्द भी अब समय और परिस्थितियों के बदलने के कारण लगभग खत्म हो गया था। सच है वक्त हर दर्द को मिटा देता है और फिर दर्द सिर्फ हमारी स्मृति में ही एक याद बन कर शेष रह जाता है।

8. परिस्थिति

देवीलाल गांव में पटेल है। लोग उसकी बात मानते हैं। ईमानदार आदमी है। अपनी बात का धनी। घर में हैं पत्नी, दो बेटियां और एक बेटा। पत्नी एक लंबे अरसे से बीमार पड़ी है। लगभग दस सालों से पत्नी ने सारे तीज-त्यौहार खाट पर पड़े-पड़े ही देखे हैं।

इसे देवीलाल की जीवटता ही कहेंगे कि उसने अब तक घर को संभाले रखा है। बेटियां ज्यादा बड़ी नहीं हैं। इसलिए जब भी बेटियां थक जाती हैं या किसी बात पर रूठ जाती हैं, तो उसे खेतों के साथ-साथ घर का काम भी करना पड़ता है। उसके पास खेती के लिए जमीन कम है सो गांव के मंदिर की जमीन पर भी वह काम करता है। उसका अच्छा व्यवहार और ईमानदार व्यक्तित्व देखकर महंत ने जमीन का सारा काम उसे सौंप दिया है। मंदिर के महंत अच्छे संत हैं। हमारी परंपरा हमें जो सिखाती है वह सारे सदगुण उनमें हैं।

अपनी पत्नी के इतने लंबे अरसे तक बीमार रहने के बावजूद देवीलाल ने अपना धर्म पूरी तरह से निभाया है। मन से उसकी सेवा की है। पत्नी की बीमारी को ठीक करने के लिए जितना हो पाया वह सब उसने किया। लेकिन बीमारी की जड़ उन्हें नहीं मिली और अब तकदीर के भरोसे अपने आप को छोड़ चुके हैं। हालांकि उसकी पत्नी कुछ काम नहीं कर पाती लेकिन उसके होने से घर-घर लगता है। बेटियों को भी सहारा है कि मां है। बेटियां कभी कुछ काम करते हुए मां से पूछती,

"मां यह काम कैसे होगा?"

मां खाट पर बैठी-बैठी उन्हें सब बताती जाती।

ऐसे ही बेटियां बड़ी होती गई। बेटा भी बड़ा हो रहा था। लेकिन उसे घर से कुछ खास मतलब था नहीं। वह यार दोस्तों के साथ ज्यादा समय बिताता । बेटा पढ़ रहा था। देवीलाल पढ़ा लिखा नहीं था। इससे पढ़ाई के नाम पर बेटा उसे किसी भी तरह गुमराह करता रहता। बेटियों को

वह नहीं पढ़ा सका। हालांकि छोटी बेटी पांचवी कक्षा तक स्कूल गई थी। लेकिन ऐसा योग

नहीं बन पाया कि देवीलाल उसे निरन्तर स्कूल भेज सके। गृहस्थ जीवन कभी-कभी कितना सामर्थ्य मांगता है। यह कोई देवीलाल से पूछे।

समय गुजरता गया और एक दिन खाट में पड़ी देवीलाल की पत्नी के नाम मृत्यु संदेश आ पहुंचा। मनुष्य कितना विचित्र प्राणी है। इस संसार में मृत्यु से ज्यादा अवश्यसंभावी कुछ भी नहीं। लेकिन फिर भी वह मृत्यु को भुलाकर ऐसे जीता है जैसे उसे चिरकाल तक यहीं बने रहना है। घर और बाहर के झगड़ों में वह इस कदर उलझ जाता है कि सबसे आवश्यक घटना जो कभी भी घट सकती है। उसे ही विस्मृत कर बैठता है।

देवीलाल की पत्नी के जाने के बाद घर में एक लम्बा सन्नाटा पसर गया। बेटियों का बुरा हाल था। लेकिन जैसे तैसे इन लोगों ने कोशिश की और मृत्युशोक से बाहर निकल आए। घर में पसरा सन्नाटा अब भी परेशान करता था। इस वजह से ये लोग घर में रुक नहीं पाते और

खेतों में जाकर काम करने लगते या फिर मंदिर में सेवा कार्य करने में वक्त बिताते ।

बेटा अब घर से और भी ज्यादा नदारद रहने लगा था। देवीलाल ने कहीं से
उड़ती-उड़ती खबर सुन ली थी कि बेटा हाथ से निकल चुका है।

उसे गंदे व्यसन लग चुके थे। यह सब गलत संगत का परिणाम था। गांव का अनपढ़ आदमी जो दिन-रात खेतों में जुटा रहता था, नहीं समझ पाया की बेटे को सही राह पर कैसे लाए। उसे अपने काम से ही फुर्सत नहीं मिल पाती थी। जब भी इनका आमना-सामना होता वह बेटे को डांटता-फटकारता। मगर बेटे के कान पर जूं तक नहीं रेंगती। गुस्से में आकर देवीलाल उस पर हाथ उठा देता। तब बेटा घर से भाग जाता और हफ्तों तक गायब रहता ।

अन्त में बेटे की हरकतों से तंग आकर और भविष्य में होने वाली बदनामी के डर से देवीलाल ने बेटियों की शादी करने का मन बना लिया।

बेटियों की शादी करने से पहले उसने कहा था। -
"यहां तो जो भी होगा देखा जाएगा। लेकिन अपनी बेटियों को अब पराया कर देने में ही भलाई है। इस घर का तो अब भगवान ही धणी है।"

थोड़े समय के अंतराल में दोनों बेटियों की शादी कर दी गई।

अब घर पूरी तरह से खाली हो गया था। देवीलाल दिनभर खेतों में काम करता और रात को मंदिर में ही सेवा कार्य करके सो रहता।

महंत के लिए खाना बनाने का काम भी कभी-कभार वह कर दिया करता था। इसी क्रम में उसे भी वहीं प्रसाद पाने का अवसर मिल जाता था। इस तरह उसे घर गए कई-कई दिन बीत जाते। दरअसल एक बात यह भी थी कि वह खुद घर नहीं जाना चाहता था। पत्नी और बेटियों के जाने के बाद उसके लिए वह घर, घर नहीं रह गया था। वह एक पहर से ज्यादा उस घर में टिक नहीं पाता था। घर के इस तरह खाली रहने का फायदा उठाकर अब बेटा अपने दोस्तों के साथ घर में ही अपनी महफिल जमाने लगा। दिनभर ताश खेलते हुए लड़ते और नशे में डूबे रहते।

एक दिन बूढ़ा देवीलाल अचानक घर पहुंच गया। घर में महफिल सजी हुई थी। धुएं के छल्ले हवा में तैर रहे थे और वातावरण में रह रहकर गलियां गूंज उठती थी। नजारा देखकर बूढ़े आदमी का खून खौल उठा। उसने ग्रामीण परिवेश में प्रचलित सबसे बढ़िया गालियों से बेटे को सुशोभित किया।

अपनी जूती उतार कर वो बेटे को पीटने ही वाला था, कि बेटा भाग कर घर के अंदर गया और पुश्तैनी तलवार लाकर बूढ़े गले पर रख दी। देवीलाल के लिए सब कुछ शांत हो गया। धरती घूमती हुई उसे महसूस हुई। उसे मरने का

भय नहीं था। लेकिन यह जो घट रहा था उसकी कल्पना, उसने कल्पना में भी नहीं की थी। लोगों ने बेटे को पकड़कर दूर कर किया।

इसके बाद देवीलाल के मुंह से एक शब्द भी नहीं निकला। जो थोड़ा बहुत मोह बेटे के प्रति उसके मन में बचा हुआ था। वह भी अब शमूल नष्ट हो गया। मंदिर में जाकर महंत से शरण मांगी और आजीवन सन्यासी बने रहने का वचन दे दिया। देवीलाल अब संत हो गया था। बेटे के बारे में काफी दिनों बाद खबर मिली। वह गांव छोड़कर चला गया और शहर में जाकर मिल मजदूर बन गया था। नशा वह अब भी

करता है। ताश अब भी खेलता है। एक दिन मिल में काम करते हुए दायां हाथ गंवा बैठा। अब वहां भी किसी काम का ना रहने के कारण उसे निकाल दिया गया। आजकल किसी चौराहे पर भीख मांग कर पेट भरता है। नशा वह अब भी करता है। गांव लौटने का विकल्प अब भी उसके पास था लेकिन वहां कोई उम्मीद और भविष्य उसे अब नहीं दिखाई दिए। अपने बाप के सन्यासी हो जाने की खबर वह सुन चुका था। अब सन्यासी हो जाने के बाद देवीलाल का इस दुनिया में होना या न होना बराबर था। वह अब शहर की सड़कों और फुटपाथों पर ही स्थाई रूप से बस गया है

9. इतनी सी बात

आंटी जी! आंटी जी!

सुबह के नौ बजे हैं। एक पतली सी आवाज प्रतीक के कानों में पड़ती है। वह अपने कमरे में बैठा कुछ काम कर रहा था। उस चिल्लाहट के लगातार जारी रहने के बाद मकान मालकिन की आवाज आई।

"कौन है.?"

"आंटी जी, मैं हूँ सफाईवाला।"

प्रतीक के मन में उत्सुकता जागी। आवाज किसी छोटे बच्चे की लग रही थी। इतना छोटा बच्चा सफाईवाला कैसे हो सकता है। उसने कमरे से बाहर जा कर देखा। बरामदे में सीढ़ियों के पास एक बिल्कुल मरियल सा इंसान खड़ा
था। छोटा सा कद, घुंघराले से बाल और छोटी-छोटी आंखें।

चेहरा देखकर लगता था कि कोई पैंतीस एक साल का इंसान रहा होगा। लेकिन कद काठी से किसी तेरह -चौदह साल के दुबले पतले से लड़के का भ्रम होता था। रंग भी साफ नहीं था लेकिन उसने कपड़े साफ पहने हुए थे। पीले रंग की प्लेन शर्ट और सलेटी से रंग का फॉर्मल पैंट। शर्ट टक इन कर रखी थी जिससे उसका पुराना सा बेल्ट दिख रहा था।

प्रतीक गलियारे के दूसरे छोर पर था जो बरामदे में खुलता है। प्रतीक को देखकर उसने नमस्ते किया और थोड़ा सा हँस दिया।

“आंटी जी ने बुलाया था।”

“कल पचास नंबर मकान वाली आंटी के यहां मिली थी।”

“बाथरूम साफ करने आया हूँ।”

“अच्छा-ठीक है।”, कह कर प्रतीक अपने कमरे में आ गया।

प्रतीक उसकी उम्र को लेकर अंदाजा लगाते हुए अपना काम करने लग गया। उसकी आवाज उसके चेहरे पर झलकती उम्र से मेल नहीं खा रही थी।

कुछ देर बाद आवाज आई।

"नमस्ते आंटी जी।"

"अच्छा आ गया क्या तू?"

"बता कितने रुपए लेगा.. दो बाथरूम हैं।"

"आपकी जो मर्जी हो दे देना।"

"अच्छा ठीक है ढंग से साफ कर देना। सफाई का सामान नीचे बाथरूम में ही रखा है।"

"हाँ, ठीक है।"

प्रतीक की मकान मालकिन ऊपर रहती हैं। नीचे के फ्लोर पर जो चार-पांच कमरे हैं वो सब उन्होंने किराए पर दिए हुए थे। उनमें एक कमरा प्रतीक का भी है। इन चार-पांच कमरों के बीच दो बाथरूम थी, उन्हीं को साफ करने के लिए ये इंसान आया हुआ था।

प्रतीक अक्सर जब इस तरह की चीजों को होते देखता है तो सोच में पड़ जाता है। आज जब हम अपने आप को इतना आधुनिक और सभ्य कह रहे हैं तब भी कोई दूसरा इंसान आकर क्यों हमारी गंदगी साफ कर रहा है। हालांकि इससे उसे कुछ आमदनी हो जाती है। लेकिन पैसे कमाने के तो दूसरे बहुत से तरीके हैं फिर इसने यही काम क्यों चुना होगा?
उसकी स्थिति देखकर आसानी से अंदाजा लगाया जा सकता था कि वह कुपोषण का शिकार रहा है। बहुत बड़ी बात नहीं होगी अगर कोई उसकी पृष्ठभूमि भी बता सकता हो तो। एक विशेष समुदाय से आता है और उसे इस काम को लेकर सहजता विरासत में मिली है।

हम भले ही लाख डिंडोरा पीटें की देश बहुत आगे बढ़ गया है। जात-पात अब कहां बची हैं? लेकिन जरा सा ही कुरेदने पर समाज की यह खोखली परत झरने लगती है।

प्रतीक इस मकान में एक लंबे अरसे से रह रहा है। उसने बाथरूम की सफाई को लेकर कई बार यह व्यवस्था बनाने की कोशिश की है कि हम अपनी बाथरूम खुद साफ कर लें। लेकिन लगातार बदलते

किराएदारों के चलते ऐसा संभव नहीं हो सका। यह एक स्टूडेंट एरिया था। लड़के यहां बेहतर सुविधाओं और कम किराए की उम्मीद में बार-बार अपने कमरे बदलते रहते थे। इस सबके चलते प्रतीक की वह व्यवस्था सफल नहीं हो सकी और उसे बेबस होकर रह जाना पड़ा।

लगभग बीस-पच्चीस मिनट में कोई पुराना फिल्मी गीत गाते-गाते उसने दोनों बाथरूम साफ कर दिए। जैसे ही वह पीछे वाला बाथरूम साफ करके प्रतीक के कमरे के सामने से गुजरा, गेट खुला होने के कारण हल्का सा एक बदबू का भभका अंदर आया। शराब की बदबू थी। शायद शराब पीकर ही वह काम पर निकला था।

“आंटी जी हो गई सफाई।”

“पैसे सीढ़ियों पर ही रखे हैं। उठा लेना।” ऊपर से आवाज आई।

“कहाँ.. हम्म... अच्छा ठीक है, दिख गए।”

“पंद्रह दिन बाद फिर आ जाना। ठीक है?”

"ठीक है आंटी जी।"

कहकर खुशी-खुशी वह चला गया।

प्रतीक सोच रहा था, क्या नशा करना इसकी मजबूरी है? या फिर यह शौक से शराब पीता होगा। आखिर किस चीज ने इसे नशे की ओर झुकाया। इसके बाद लगभग चार-पांच महीनों तक वह अपने काम पर आता रहा। और फिर अचानक गायब हो गया।

एक दिन प्रतीक ने आंटी को कहते हुए सुना,

"वह सफाईवाला भी जाने कहां चला गया। कोई कह रहा था कि उसने कोई दूसरा काम करना शुरू कर दिया है।"

उसके कुछ दिनों बाद एक दूसरा लड़का बाथरूम साफ करने आया और एक नई खबर भी 'टिल्लू' के संदर्भ में दे गया। हाँ, उसका नाम 'टिल्लू' था।

खबर कुछ इस तरह थी,

सफाई वाला काम छोड़कर पता नहीं क्यों 'टिल्लू' ने कोई दूसरा काम करने की सोची। अपने समाज के अनुभवी और बड़े लोगों के लाख मना करने के बाद भी उसने एक पतासी का ठेला लगाने का निश्चय किया। उस पर कहीं से एक सनक सवार हो गई थी कि अब तो छुआछूत कम हो गया है या कहें कि खत्म ही हो गया है।

"अगर मैं यह काम छोड़कर कुछ और करूंगा तो इसमें किसी को हर्ज ही क्या होगा। अपने ठेले को एकदम साफ सफाई से रखूंगा और दिक्कत ही क्या है।" उसने आस पास के लोगों से कहा था।

फिर भी उसने ठेला लगाने की जगह का चुनाव थोड़ा सोच समझकर किया था। प्रतीक के मोहल्ले से दूर जहां कोई उसे पहचानता न हो। ठेले की साफ सफाई और ठेला लगाने की बेहतर जगह के चुनाव के कारण उसका ठेला

चल निकला। सब कुछ बहुत अच्छा, वैसा ही चल रहा था जैसा उसने सोचा था।

लेकिन एक दिन अचानक किसी ने पतासी खाकर पैसे देते हुए उसे पहचान लिया। बस फिर क्या था। जिसकी उम्मीद थी वही हुआ। अच्छा खासा पिट लेने के बाद ठेले के बिखरे सामान के साथ वह जमीन पर दर्द से कराहता हुआ पड़ा रहा। किसी ने उसे बचाने की कोशिश तक नहीं की और उसे लगभग अधमरा छोड़कर लोग अपने-अपने रास्ते हो लिए। वह माफी मांगता हुआ चिल्लाता रहा। उसके बाद किसी को पता नहीं वह कहाँ गया। किसे परवाह थी!

लगभग छह महीने गुजर गए।
एक दिन प्रतीक अपने दोस्त के घर पर था जो कि उसके मोहल्ले से थोड़ी ही दूरी पर है। बातें करते-करते अचानक उसने वही पुरानी पतली सी आवाज सुनी।

आंटी जी!

दोस्त ने बताया, सफाईवाला है।

प्रतीक ने उत्सुकतावश बाहर जा कर देखा तो टिल्लू था। हंसने की कोशिश करता हुआ एक पैर से लंगड़ता सा खड़ा था। आगे बात करने पर उसकी पिटाई वाली बात का सच पता चला। तभी से लंगड़ा कर चल रहा है।

उसकी बातों का सार यह था कि,

उसे समझ में आ गया है, गलती उसी की थी। उसे ठेला नहीं लगाना चाहिए था। मुझे अपनी जात का ही काम करना चाहिए। "मेरी ही बुद्धि खराब हो गई थी, भैया। मुझे अपना काम नहीं छोड़ना चाहिए था। बस इतनी सी बात मुझे समझ में नहीं आई थी। अब मैं समझ गया हूँ।" उसने कहा।

प्रतीक ने उससे कुछ और नहीं पूछा। अंदर जा कर थोडी देर दोस्त से बातें करता रहा। उसके दिमाग में टिल्लू के वही शब्द गूंज रहे थे। "मुझे अपना काम नहीं छोड़ना चाहिए था।" प्रतीक ने टिल्लू की जगह खुद को रखकर देखा तो उसका दम घुटने लगा। इस समाज और देश को छोड़कर कहीं दूर

निकल जाने के अलावा दूसरा कोई विकल्प उसे नहीं दिखाई दिया। क्या बना लिया है हमने अपनी सभ्यता के विकास क्रम में इस समाज को। जहाँ कोई व्यक्ति लाख कोशिश करने पर भी अपने जन्म के साथ लगा हुआ जाति का अभिशाप तोड़ नहीं पाता। क्या यही मनुष्य की प्रगति के असली मायने हैं?

जब वह दोस्त के घर से निकला तो अंधेरा घिर आया था। हवा में हल्की सर्दी थी। रात में शायद बारिश होगी। सोचते ही उसे लगा कि हल्की हल्की बूंदे उस पर पड़ने लगी हैं। उसने कदम तेज कर दिए। अपने घर के पास वाले चौराहे पर पहुंच कर उसने देखा कि वहां बिल्कुल अंधेरा छाया हुआ है। उसे याद आया कि यहां लगी रोड लाइट का बल्ब काफी दिनों से टिमटिमा रहा था आज वह पूरी तरह बुझ गया।

10. मजबूरियाँ

सुबह का वक्त है। सूरज देवता अपने काम पर निकल चुके हैं। वातावरण में उष्णता बढ़ने लगी है। अलार्म कई बार बज चुका है लेकिन उसकी परवाह नहीं की जा रही है।

वह व्यक्ति जो अब तक बिस्तर पर पड़ा हुआ कुंभकर्णी निद्रा का आनंद ले रहा था, एकदम से हड़बड़ा कर खड़ा होता है। जब तक सही से आंखें खुलती हैं, उससे पहले ही फोन उसके हाथ में है। आईआरसीटीसी का ऐप खोलकर देखता है। उसकी ट्रेन बिल्कुल सही वक्त पर है और बीस मिनट में स्टेशन पहुंचने वाली है।

व्यक्ति का नाम है रोहन। वह उछलकर बिस्तर छोड़ता है और फोन को चार्जिंग में लगाकर जल्दी से बाथरूम में घुस जाता है।

वो बहुत दिनों से इस शहरी भीड़–भाड़ से कहीं दूर जाकर वह वक्त बिताना चाहता था। लेकिन उसे बहुत कोशिश करने के बाद भी अवसर नहीं मिल

पाया। इस उबाऊ और मशीनी हो चुके तंत्र के बीच कोई भी इंसान दिन में कम से कम एक बार तो यहां से भागने की बात सोचेगा ही। लेकिन सबकी अपनी-अपनी मजबूरियाँ हैं, जो उन्हें इन कंकरीट के जंगलों से मुक्त नहीं होने देती। वरना किस सुधि प्राणी का धूप से तपते और भभका छोड़ते इन पत्थरों के विशाल खंडों में रहने और काम करने का मन होगा।

रोहन को बचपन से ही प्रकृति से खास लगाव रहा है। आसमान में घुमड़ते बादलों को देख कर जब बाकी लोग घर पहुंचने की जल्दी करने लगते हैं तो वह चाहता है कि बारिश की कुछ बूंदे उसके ऊपर गिर जाएं। लेकिन शहरों में अब प्रत्येक चीज कृत्रिम हो चुकी है। प्रकृति बची है तो सिर्फ जहां-तहां बिखरे हुए छोटे-मोटे पार्कों तक। उसने यहां न जाने कितनी ही ऐसी गलियां देखी हैं जिनमें एक भी पेड़ नहीं है। वह

सोचता है, जाने ये लोग ऐसी गलियों में कैसे रह लेते हैं। क्या सच में मनुष्य के विकास का परिणाम प्राकृतिक ह्रास है?

"सस्टेनेबल डेवलपमेंट" हुँह! वह बड़बड़ाता है। उसे यह शहरी जिंदगी बिल्कुल रास नहीं आई। लेकिन सब की तरह उसकी भी अपनी मजबूरियाँ हैं।

कल ही जब वह ऑफिस से घर लौट रहा था, तो ट्रैफिक में पूरे दो घंटे फंसकर घर आने के बाद उसे खाना खाने तक की इच्छा नहीं रही थी। उसने गौर किया है कि और लोगों को ट्रैफिक जाम में फंसने पर उतनी परेशानी महसूस नहीं होती जितनी उसे होती है। उसे तो थोड़ी ही देर में चक्कर से आने लगते हैं। हवा में घुलते धुएं के कारण उसका दम घुटने लगता है। एक दो बार उसने अपने साथ के लोगों से इस बारे में कहा तो सब ने लापवाही से यही जवाब दिया कि उसे थोड़े दिनों में आदत लग जाएगी। साल भर हो चुका है लेकिन वह अभी तक शहर के इस जहरीले वातावरण से अपने आप को सहज़ नहीं कर पाया है।

सुबह तो नहीं लेकिन शाम को घर आते वक्त अक्सर उसे ट्रैफिक जाम के चलते लगभग रात हो जाती है। प्रतिदिन उसे इस घुटन और बेचैनी का सामना करना पड़ता है। लेकिन आज गांव जाने की उमंग में वह काफी खुश है। वो पिछले छः महीने से गांव नहीं जा पाया था।

एक लंबे इंतजार के बाद आज वह खुशकिस्मत दिन आया था जब वो प्रकृति के करीब अपने घर जा रहा है।

जल्दी से नहा कर उसने कपड़े पहने और फोन से स्टेशन के लिए टैक्सी बुक कर दी। सामान की पैकिंग वह रात को ही करके सोया था क्योंकि उसे खुद पर पूरा भरोसा था कि वह सुबह उठते उठते लेट हो ही जाएगा। टैक्सी
जल्दी ही आ गई और वक्त रहते ही रोहन स्टेशन पहुंच गया।

ट्रेन आने में अभी दो-चार मिनट का समय बचा था। थोड़ी देर में बैठे हुए यात्री खड़े हो गए और अपने बैग एवं अन्य सामान उन्होंने एक बार और अच्छे से संभाल लिए। उनमें से कुछ यात्री जो थोड़े उतावले थे बार-बार पटरियों के नजदीक जाकर ट्रेन आने वाली दिशा में गर्दन

लंबी कर करके देख आते थे। ट्रेन आने का निश्चित समय निकल गया तो यात्रियों में बेचैनी बढ़ने लगी। कुछ यात्री हताश होकर वापस अपनी जगह पर बैठ गए। रोहन एक जगह खड़े-खड़े सारा घटनाक्रम देख रहा था। ट्रेन समय पर न आने के कारण थोड़ी सी झुंझलाहट उसे भी हुई। समय देखकर उसने फोन वापस जेब में रखा और वह फिर दूसरे यात्रियों को देखने लगा। लगभग दस मिनट देरी से ट्रेन अब स्टेशन पर आप पहुंची थी।

रोहन लपककर ट्रेन में चढ़ा और गलियारे में खचाखच भरी भीड़ को चीरते हुए डब्बे में अंदर धंस गया। अपनी सीट खोजने के लिए उसे भारी मशक्कत करनी पड़ी और जब उसे अपनी सीट मिली तो देखा एक औरत उसकी सीट पर फैल कर बैठी हुई है।

"आंटी जी यह मेरी सीट है।"

औरत ने रोहन को ऐसे देखा जैसे वह इस संसार का सबसे तुच्छ प्राणी हो। औरत के चेहरे पर अजीब से भाव उभर आए। वह थोड़ी सी खिसक कर बैठ गई। सीट उसने नहीं छोड़ी। रोहन को समझ नहीं आ रहा था कि वह कैसे इस सिचुएशन से डील करे।

थोड़ा सा झुंझलाते हुए उसने कहा -

"आपकी सीट कौन सी है? मैं वहां बैठ जाऊंगा।"

औरत ने उपेक्षा से साइड लोअर सीट की तरफ इशारा कर दिया। उस पर एक आदमी पैर पसारे चित्त पड़ा था। अजीब दुविधा थी। मन मारकर रोहन को औरत द्वारा कृपा करके जो थोड़ी सी जगह दी गई थी उसी में खुद को ठूंसना पड़ा।

हमारी ट्रेनों में ऐसी स्थिति अक्सर देखी जाती है। जब कोई किसी और की सीट पर अनाधिकार हक जमाये बैठा मिलता है। पता नहीं ये लोग कैसे किसी और की रिजर्व सीट पर इतने अधिकार से बैठ जाते हैं।

खैर, उस मोहतरमा की कृपा दृष्टि में बैठे-बैठे रोहन को दो घंटे बीत गए। इन दो घंटों में उसने गांव के बारे में कई अनुमान लगाए। खुला आसमान, साफ और ठंडी हवा। हवा में आती फसलों की महक और गांव की सड़क, जो पिछले साल ही पक्की बनी थी।

घरवालों को वह जानबूझकर याद नहीं करता। आसानी रहती है इससे। नहीं तो वह शहर में घर से दूर रह नहीं पाता। जब भी उसे घर वालों की याद सताती है वह इधर उधर की बातों में या फोन में टाइम पास करके

अपना मन बहला लिया करता है। आसान नहीं है उसके लिए इतने से पैसों की खातिर घर से दूर इस तरह शहर में रहना। लेकिन इस वक्त उसके हाथ में कुछ नहीं है।

साथ के लोग कहते हैं कि सैलरी बढ़ जाएगी थोड़े दिनों में। इस कंपनी में सैलरी जल्दी बढ़ती है। वह इसी उम्मीद में रोज यहां धुआं पीता हुआ जी रहा है की सैलरी बढ़ जाएगी तो घर ज्यादा पैसे भेज सकूंगा।

पापा का बोझ थोड़ा कम होगा। अपनी सभी भावनाओं, इच्छाओं को दबाता हुआ वह शहर में लगभग पत्थर बनकर रह रहा है।

काफी देर तक ट्रेन में बैठे बैठे रोहन अपने विचारों में खोया रहा।
अचानक उसके फोन से आवाज आती है। टिडिंग!
व्हाट्सएप पर नोटिफिकेशन था।
"ड्यू टू सम इमरजेंसी रीजंस योर लीव्स रिड्यूस्ड बाय फाइव डेज।
प्लीज कम टू द ऑफिस ऑन ट्यूजडे।"

रोहन ने फोन जेब में रखते हुए सांस छोड़ी। उसका दिमाग सुन्न हो गया था। मन में आया कि एक बार जोर से चिल्ला पड़े। वह भी संभव नहीं था। कम से कम इस वक्त तो बिल्कुल नहीं। उसने सोचा छोड़ दे

यह कंपनी। लेकिन घर पर क्या कहूंगा?..उसने यह ख्याल भी दिमाग से निकाल दिया। उसे घर की स्थिति अच्छी तरह पता थी। वह इस वक्त घर जाकर खाली नहीं बैठ सकता था।

पांच दिन की छुट्टी कम होने का मतलब था कि उसके पास सिर्फ कल की

छुट्टी बची थी। आज का दिन पूरा रास्ते में निकल जाएगा। घर पहुंचते पहुंचते उसे शाम हो जाएगी। फिर कल दोपहर में ही वापस लौटना पड़ेगा। मन कसैला हो गया। गांव जाने का सारा उल्लास फीका पड़कर दुविधा में बदल गया। काफी देर तक सोचने के बाद वह अगले स्टेशन पर उतर गया।

जिस तरह से कोई इंसान अपने किसी प्रियजन का अंतिम संस्कार करके श्मशान से लौटता है, उसी तरह भावशून्य चेहरा लिए वह स्टेशन से निकला और बस स्टैंड जाने वाले ऑटो में बैठ गया। बस स्टैंड पहुंच कर ऑटो में से उतरने के बाद वह थोड़ी देर के लिए रुका,

एक जगह खड़ा होकर आसमान की तरफ देखा। फिर धीरे धीरे चल कर शहर जाने वाली बस में जा बैठा। उसने अपने इयरफोन लगाए और आंखें बंद करके सिर पीछे सीट पर टिका दिया। इयरफोंस से धीमे-धीमे आवाज बाहर आ रही थी।

"जाने....वो...कौन सा देश जहां तुम चले गए।"

11. काका

मैंने जब उसे पहली बार देखा तो वह एक औरत को बार-बार झिड़कियां दिए जा रहा था। औरत किसी सब्जी का भाव पूछ कर पहले आश्चर्य चकित हुई फिर सही दाम लगाने की रट लगाने लगी। वह बार-बार अपनी बात झिड़की वाले अंदाज में दोहराए जा रहा था। नहीं होगा कम...नहीं होगा.. नहीं होगा।

लगभग चार फुट का आदमी। उम्र कोई सत्तर एक साल रही होगी। पीठ पर कूबड़ निकला हुआ था। चेहरे पर छोटी-छोटी गांठें दिखाई दे रही थी। उसे देखकर न चाहते हुए भी मेरा मन कुछ अजीब सा हो गया। मैंने भगवान को याद किया और उनसे क्षमा याचना की। गली के छोर पर उसका सब्जी का ठेला देखकर मैं सब्जी खरीदने के इरादे से ही वहां तक गया था लेकिन प्रथमतः उसका रूप रंग और दूसरा उसका उस औरत को इस तरह से डांटने वाला अंदाज दोनों ही मेरे उसके ठेले के बगल से चुपचाप निकल जाने का कारण बने।

उन दिनों में लाइब्रेरी जाया करता था तो मेरा पूरा दिन वहीं निकल जाता था। मेरे लिए वह जगह नयी थी तो मुझे अपने आसपास के बारे में कुछ ज्यादा पता नहीं था। एक दिन में लाइब्रेरी जाने के लिए थोड़ा लेट हो गया। अपने कमरे के ताला लगाकर जैसे ही घर से बाहर आया तो देखा कि मेरी मकान मालकिन उसी सब्जी वाले से सब्जी खरीद रही थी। आज सब्जी वाले का व्यवहार बिल्कुल बदला हुआ था वह बड़ी तसल्ली से सब्जियों के दाम बता रहा था और उसके चेहरे पर हल्की सी मुस्कान झलक रही थी। मेरी मकान मालकिन उसे 'काका' कहकर

संबोधित कर रही थी। क्योंकि मैं पहले से ही लेट हो रहा था तो जल्दी-जल्दी वहां से निकल गया।

इसके कई दिनों बाद एक बार फिर मुझे वह गली में दिखाई दिया। मैं सब्जी मंडी जाने के झंझट से छुट्टी पाने के चक्कर में उसके ठेले की ओर बढ़ गया। आज उसका एक नया रूप मेरे सामने था। वह अकेला खड़ा हुआ बहुत भारी गले से सब्जी... सब्जी चिल्ला रहा था जैसे सब्जी बेचने का उसका मन ना हो लेकिन कोई जबरदस्ती उससे यह काम करवा रहा हो। ध्यान से देखने पर मैंने पाया कि उसकी आंखों में आंसू डबडबा रहे थे। मैं वहां रुका
नहीं। मैंने चलते-चलते ही यह सब गौर कर लिया था।

कोई और समझदार व्यक्ति होता तो शायद वहां रुक कर उसका हाल जानने की कोशिश करता लेकिन मैं बेहद ही संकोची प्रवृत्ति का लड़का हुआ करता था। आज खुद मुझे अपने उसे संकोची स्वभाव पर आश्चर्य और दुख होता है। खैर उस दिन की घटना का मेरे मन में पछतावा जरूर रहा। आखिर क्या बात थी जो एक सत्तर साल के इंसान को इस तरह आंखों में आंसू भर गली-गली सब्जी बेचने के लिए मजबूर कर रही थी। सहानुभूति और दया उसके लिए पहले दिन से मेरे मन में थे

लेकिन अपने संकोची स्वभाव के कारण मैंने उन भावों को बाहर नहीं आने दिया। पहले दिन से ही मुझे उसकी कहानी जानने में रुचि थी। मन में जिज्ञासा थी। उस दिन के बाद वह मुझे अक्सर ही आते जाते दिख जाता था। कभी गुस्से में, कभी उदासी में, कभी प्रसन्नता में और कभी-कभी एक सपाट भाव शून्य चेहरे के साथ।

उसके विषय में एक दिन जब मेरी उत्सुकता संकोच की नदी पार कर गई तो मैंने अपनी मकान मालकिन से उसके बारे में पूछा।

अच्छा...काका के बारे में पूछ रहे हो। मकान मालकिन ने हंसते हुए से कहा फिर वो गंभीर हो गई।

भैया हमने तो काका को जब से देखा है ऐसे ही देखा है। सुनते हैं कि आज यह जो कॉलोनी यहां बसी हुई है कभी उनके ही पुरखों की जमीन यहां थी।
लगभग आधे घंटे तक वह काका का इतिहास बताती रही। इस दौरान एक गहरी उदासी उनके चेहरे पर छा गई थी। मैंने समझा कि काका से इनका संबंध इतने दिनों पुराना है तो उनके सुख-दुख भी इन्हें प्रभावित

करते हैं। यह स्वाभाविक भी था। वैसे ही उनके अनुसार काका की जिंदगी में अब दुख के अलावा कुछ बचा नहीं है सुख न जाने कब के विदा हो चुके थे। मैंने उनसे काका का इतिहास जो जाना वह कुछ इस तरह था। —

काका के पुरखे इस जगह के मालिक थे। समय के साथ बहुत कुछ बदला और जो जमीन एक वक्त पर बहुत सारी जान पढ़ती थी वह परिवार बढ़ने के साथ घर के सदस्यों के बीच जब बटी तो छोटे-छोटे टुकड़े सबके हाथ लगे। फिर भी शहर के हिसाब से वह टुकड़े कम नहीं थे। काका के पिता के हिस्से में आया जमीन का एक बीघा टुकड़ा। क्योंकि पढ़ाई लिखाई की परंपरा परिवार में उस वक्त तक नहीं आ पाई थी तो पिताजी कबाड़ का काम करने लगे। बड़े होने पर काका के दोनों भाई भी उसी काम में घुस गए।

वक्त के साथ बड़े भाइयों की शादियां हुई। उनके परिवार बस गए। काका की

शारीरिक बनावट के चलते उनका विवाह ना हो पाया। वक्त गुजरा वक्त के साथ काका के माता-पिता भी गुजर गए।

भाइयों के बच्चे भी अब बड़े हो गए। बच्चों के बड़े होने के साथ अब उन्हें यह घर छोटा लगने लगा। काफी दिनों तक असमंजस में रहने के

बाद अंततः दोनों भाइयों के परिवारों ने घर छोड़ने का मन बना लिया। अपने हिस्से की जमीन बेच कर एक दिन वे लोग चले गए। पीछे रह गए काका। अकेले और गुमसुम।

अब तक उन्हें सहारा था परिवार का। भले ही उस परिवार से उन्हें उपेक्षा और तिरस्कार के सिवा कुछ नहीं मिला था, फिर भी परिवार होने का एहसास मात्र ही उन्हें सुखद लगता रहा। लेकिन अब भाइयों के परिवारों के चले जाने के बाद उन्हें यह सब कुछ बेमानी लगने लगा। काका को यह दुख ज्यादा परेशान करता की भाइयों ने जाने से पहले एक बार भी उनसे साथ चलने को नहीं कहा। कभी-कभी एहसास होता कि उनके भाइयों के यहां से दूर जाने का कारण कहीं वह स्वयं ही तो नहीं थे। अपने आप पर गुस्सा आता। अपने बनाने वाले पर गुस्सा आता। ऐसे ही खुद और खुदा पर गुस्सा करते हुए काका को यहां चालीस साल से ज्यादा का वक्त हो गया है। अब उनकी जिंदगी इसी क्रम में ढल गई थी। रोते हैं, खुश होते हैं, उदास होते हैं,
चिल्लाते हैं।

जिंदगी का यही क्रम चलता रहा। मैं उन्हें रोज देखता और एक हल्की सी सहानुभूति मेरे अंदर जागती।.....मैं अपने काम पर निकल जाता। पीछे काका के चिल्लाने की आवाज गूंजती रहती।

12. आधुनिक रामराज्य

एक बार किसी देश में बहुत ज्यादा मात्रा में रामराज्य आ गया। इतना ज्यादा की वहां की आम जनता को अपच होने लगी। लोग एक दूसरे से बात करते की भाई साहब आपको नहीं लगता कि इतना ज्यादा रामराज्य भी ठीक नहीं। कहीं ऐसा न हो कि हम किसी समय राम के राज्य को भी पीछे छोड़ जाएं। मतलब समझे ? मतलब हमारे महाराजाधिराज भगवान राम जी से भी आगे निकल जाए।

नासमझ और नादान लोगों ने आपस में बात की। आखिर इतना ज्यादा राम राज्य आ कैसे रहा है ? तब विद्वानों ने समझाया। हमारे राजाधिराज चौबीस घंटों में से अठारह घंटे लगातार रामराज्य का नगाड़ा बजाते हैं। तब जाके कहीं देश में रामराज्य की गंगा बह रही है। है किसी माई के लाल में दम की लगातार अठारह घंटे तक नगाड़ा बजा सके ? इसके बाद भी जो थोड़ा बहुत
रामराज्य इधर उधर छूट जाता है, उसे महाराज के पाले हुए विशेष चमचे रूपी गण अपनी छोटी छोटी ढोलकियों से पूरा समेट लेते हैं।

इस तरह एक बड़े नगाड़े और बहुत सारी ढोलकियों के बजने से देश में रामराज्य की भरमार हो रही है।

किसी एक नासमझ ने पूछा, लेकिन भैया ये कैसा रामराज्य है...फलानी जगह पर बीस पच्चीस लोग सिर्फ गंदा पानी पीने से मर गए और किसी को कोई फर्क नहीं पड़ा। उसे सयानों ने समझाया, बेटा इस रामराज्य की यही खूबी है। यहां फालतू की बातों पर ध्यान नहीं दिया जाता।

कितने लोग गंदा पानी पीने से मर गए...क्यों बलात्कारियों को आए दिन जेल से छोड़ दिया जाता है...क्यों निर्दोष लोगों की सरेआम भीड़ में हत्या कर दी जाती है...क्यों किसान लगातार आत्महत्या कर रहे हैं...क्यों महंगाई और बेरोजगारी बढ़ती ही जा रही है...क्यों देश में पुल और सड़कें बनने से
पहले ही टूट रहे हैं? और इन सबसे ऊपर ये बात की इतना सब होते हुए भी क्यों...ये मुद्दे टीवी पर दिखाई नहीं देते ?

ये सब छोटी सोच के लोगों की समस्याएं हैं। हमारे राजाधिराज इन सब से ऊपर की बात सोचते हैं। और भी छोटी छोटी चीजें जैसे — रुपए की दिन पर दिन गिरती हुई कीमत...धर्म के नाम पर निरंतर बढ़ता

हुआ पाखंड और आडम्बर और अंधविश्वास...बढ़ती आर्थिक असमानता...बढ़ता धार्मिक

वैमनस्य। इन सब टुच्ची चीजों के बारे में विचार करने का समय आधुनिक रामराज्य में नहीं है।

तभी एक मूर्ख इंसान जो थोड़ा पढ़ा लिखा लग रहा था, ने कहा – देश में आज भ्रष्टाचार की हद पार हो गई है। कहीं पानी की टंकी बनते ही ढह जा रही है ...तो कहीं पुलों के बार बार बनते ही टूट जाने की घटनाएं सामने आ रही हैं। यही हाल सड़कों का दिख रहा है...आज मंत्री जी ने जिस सड़क का उद्‌घाटन किया, दो चार दिन बाद उसी सड़क पर गढ़ढे नजर आ रहे हैं... कहीं सरकारी जमीनें अवैध तरीके से बेची जा रही हैं... कहीं पूरे के पूरे पहाड़ों को ही मिटाने की साजिशें चल रही हैं। साथ ही साथ हमारे जो नेता देशभक्ति की बड़ी बड़ी बातें करके युवाओं को असली मुद्‌दों से भटकाते हैं उनके खुद के बच्चे विदेशों में पढ़ रहे हैं या फिर वहीं नौकरियां कर रहे हैं। ऐसा क्यों हो रहा है..कोई बता सकता है....?

इस तरह के फालतू प्रश्न पूछने वाले उस मूर्ख इंसान को सब ने घूर कर देखा और थोड़ी देर के लिए भीड़ में सन्नाटा छा गया। तभी पीछे से आवाज
आई...जय श्री राम...। और देखते ही देखते पूरा वातावरण श्री राम के नारों
से गूंज गया। उस मूर्ख इंसान की बातें नारों के शोर में पूरी तरह खो गई।

एक नागरिक ने शोर के थमने पर शंका प्रकट की, भैया हमने तो यहां तक भी सुना है कि महाराज के ही कई मित्र और मंत्री गाय के मांस का धंधा भी करते हैं। इस बात पर लोगों में बढ़ती हुई खुसरपुसर को देखते हुए महाराज के किसी निष्ठावान दूत ने फिर नारा बुलंद
किया...जयश्री राम। एक बार फिर नारों के शोर में वो सवाल भुला दिया गया।

किसी दूसरे नासमझ ने सवाल किया तो भैया आधुनिक रामराज्य में बड़ी समस्याएं कौनसी हैं। सवाल सुन कर एक सयाने विद्वान की बांछे खिल गई। खुशी से प्रसन्नचित होकर उन्होंने कहा, अब आए ना सही सवाल पर।

विद्वान महोदय ने समझाया, जब हमारे राजाधिराज पूरे अठारह घंटे तक रामराज्य का नगाड़ा बजाते – बजाते थक गए तो वे मन ही मन थोड़ा सा मुस्कुराए...काहे मुस्कुराए पता है?
क्योंकि उन्हें अपनी एक ढोलकी पीटने वाली का सवाल याद आ गया।
...आप थकते क्यों नहीं हैं...?

...खैर अपना नगाड़ा उन्होंने छोटू को पकड़ाकर आधुनिक रामराज्य की मूल समस्याओं को गिनाया।
हमारे राजाधिराज के अनुसार आज के रामराज्य की मूल समस्याएं इस प्रकार हैं —
कौनसे राज्य का कौन विधायक बिक नहीं रहा है...कौनसे शहर का नाम बदला जाना चाहिए... कौनसे कानून का नाम बदला जाना चाहिए...कौनसे देश में जाकर मैंने दर्शन नहीं दिए...कौनसी ढोलकी रामराज्य की घोषणा करने में कमी रख रही है...मेरे धनपति मित्रों को धन समेटने में कहीं कोई तकलीफ तो नहीं हो रही? आदि–आदि इस

प्रकार की बेहद गंभीर समस्याओं से हमारे महाराज को हर दिन झूझना पड़ता है।

एक दिन तो महाराज इन सारी समस्याओं से परेशान हो कर झोला उठा कर चल ही पड़े थे...की किसी ने अचानक उन्हें उनके मित्रों की याद दिला दी। मित्रों के मासूम मासूम चेहरे याद आते ही उन्होंने अपन झोला फेंक दिया और पुनः राजगद्दी पर जा बैठे। महाराज अपने सारे धनपति मित्रों में सबसे गरीब हैं...सुना है समय समय पर महाराज को उनसे चंदा भी मिलता है। फिर भी उनके मित्र उनसे कतई भेदभाव नहीं करते। अपने प्रति मित्रों का ये
आदर भाव देख कर ही महाराज अपने मित्रों के कर्ज तले दबते जा रहे हैं।

विद्वान महोदय ने अपनी निगाहें चारों तरफ उठा कर नासमझों की भीड़ को देखा। वे लोग अब पूर्ण श्रद्धा से विद्वान जी को देख रहे थे। एक नासमझ
धीरे से बोला... भाईसाहब आपको यह सब ज्ञान कहां से प्राप्त होता है ? इतने गूढ़ ज्ञान के बिना इस आधुनिक रामराज्य में रहना बहुत कठिन

है। हम खुद को बहुत अज्ञानी और हीन समझने लगे हैं। विद्वान महोदय ने आंखें बंद करते हुए चेहरे पर आती हुई मुस्कुराहट को कंट्रोल किया और बताया...राजाधिराज के रामराज्य में अप–टू–डेट रहने का एक मात्र उपाय है, अध्ययन...

व्हाट्सएप यूनिवर्सिटी में गहन अध्ययन।

लेखक परिचय —

सोमेन्द्र राजस्थान के दौसा जिले से आते हैं। स्कूली शिक्षा अपने गांव और कस्बे से प्राप्त की। स्नातक और स्नातकोत्तर डिग्री राजस्थान विश्वविद्यालय से प्राप्त करने के बाद लेखन कार्य प्रारंभ किया। यह उनकी पहली पुस्तक है। गद्य के साथ साथ कविता लेखन में भी उनकी रुचि है।

उनसे संपर्क का माध्यम है। —

- somendra1923@gmail.com

पाठक के नोट्स —

www.ingramcontent.com/pod-product-compliance
Lightning Source LLC
LaVergne TN
LVHW100103250926
848814LV00045B/14
* 9 7 9 8 8 9 8 5 4 7 9 6 7 *